DREAMBOOKS★

DREAMBOOKS★

DREAMBOOKS★

ORIENTAL FANTASY STORY & ADVENTURE

요도 김남재 신무협 장편소설

환생왕 7

초판 1쇄 인쇄 2020년 4월 10일
초판 1쇄 발행 2020년 4월 27일

지은이 요도 김남재
발행인 오영배
편집 편집부
일러스트 나래
표지 · 본문 디자인 오정인
제작 조하늬

펴낸 곳 (주)삼양출판사 · 드림북스
주소 서울시 강북구 도봉로 173
대표 전화 02-980-2112 **팩스** 02-983-0660
편집부 전화 02-987-9393 **팩스** 02-980-2115
블로그 blog.naver.com/dreambookss
출판등록 1999년 3월 11일 제9-00046호

ISBN 979-11-283-9760-8 (04810) / 979-11-283-9753-0 (세트)

+ 이 도서의 국립중앙도서관 출판시도서목록(CIP)은 서지정보유통지원시스템홈페이지(http://seoji.nl.go.kr)와 국가자료종합목록 구축시스템(http://kolis-net.nl.go.kr)에서 이용하실 수 있습니다. (CIP제어번호 : CIP2020014042)

환생왕

7

요도 김남재 신무협 장편소설

ORIENTAL FANTASY STORY & ADVENTURE

dream books
드림북스

목차

1장. 제안
— 시간 좀 괜찮으실까요

휘장 너머의 인물이 꿈틀했다.

"뭐? 실패?"

휘장으로 가려져 있어 표정은 확인할 수 없었지만 가볍게 떨리는 목소리는 그가 무척이나 화가 나 있다는 걸 말해 주는 것만 같았다.

상황을 보고하던 수하는 휘장 안에서 쏟아지는 살기에 거칠게 숨을 토해 냈다.

"컥, 컥컥."

숨이 막혀 올 정도로 압도적인 기운이 쏟아져 나와서다. 그때 그런 그를 향해 누군가가 다가왔다.

턱.

포권을 취하며 한쪽 무릎을 꿇은 건 다름 아닌 주란이었다. 그녀가 입을 열었다.

"어르신, 진정하시죠."

"지금 이게 진정할 일이더냐? 대체 왜! 매번 일이 이렇게 틀어지느냔 말이야!"

휘장 안의 인물은 무척이나 화가 나 있었다.

처음엔 상대의 반격이 그저 간지러운 수준이었다. 허나 사해도를 잃으면서 이야기는 많이 달라졌다. 슬슬 화가 치밀기 시작했고, 그걸 만회하기 위해 무림맹주를 쫓아낼 계획을 완성시켰다.

그런데…… 이것도 실패란다.

무림맹주는 제 자리를 지켜 냈고, 오히려 증거를 없애기 위해 자신들만 피해를 입는 상황이 되고 말았다. 그리고 한동안은 이런 방식으로 무림맹주를 압박하는 것이 불가능해진 것 또한 문제다.

너무 대놓고 비슷한 방식을 쓰기는 어려웠으니까.

휘장 안쪽의 인물이 물었다.

"이번엔 또 뭐 때문에 실패했더냐."

"죽었어야 할 이지강이 살아서 돌아왔어요. 그로 인해 저희가 만들어 둔 판이 완전히 어긋나 버렸고요."

“……어떻게 그런 일이 벌어진 거지?”

“천무진이 나타났더군요.”

다시금 등장한 천무진이라는 이름에 휘장 안쪽의 인물은 뒤편에 있는 의자에 몸을 기댔다. 이마를 감싸 안은 손이 가볍게 떨렸다.

이무기일 뿐이라 생각하며 우습게 여겼던 상대.

그런데 그가 휘두르는 검이 견고한 자신의 성에 조금씩 흠집을 내는 것만 같다는 생각이 들었다.

휘장 너머의 인물이 작게 중얼거렸다.

“역시나 그놈이구나.”

분노를 꾹꾹 담아 내뱉는 한마디에 주란이 입을 열었다.

“어르신, 이런 상황에서까지 굳이 살려 둬야 할까요? 그놈은 그저 방해거리예요. 더 크기 전에 차라리 지금이라도 제거를 하시는 것이…….”

“죽일 수 있었다면 이미 죽였다!”

그가 버럭 소리쳤다.

죽일 수 있는 자라면 이미 골백번은 죽이고도 남았을 자신이다. 허나 지금은 천무진을 절대 죽일 수 없었다.

그는 자신의 가장 중요한 패였으니까.

잔뜩 화가 난 그가 명령을 내렸다.

"이번 일의 실패에 대한 책임을 물어, 관련된 놈들을 모두 죽여라."

"그렇게 하죠."

말을 마친 그녀가 옆에 있던 자를 향해 슬쩍 고갯짓을 했다. 나가 보라는 듯한 모습에 그자는 황급히 바깥으로 나갔다.

방 안에 단둘이 남게 된 상황.

휘장 안에서 이해가 안 간다는 듯한 목소리가 흘러나오고 있었다.

"아무것도 없는 그놈이 어떻게 이 모든 일을 해내고 있는 거지?"

대체 뭘까?

어떤 것이 천무진이 이리도 날뛸 수 있는 판을 계속해서 만들어 주고 있는 걸까?

계속해서 생각보다 빠르게 움직이고, 그에 맞는 대응을 하면, 언제나 한발 더 나가서 대처하고 있다.

두 번째 삶을 살고 있다는 건 알고 있다.

허나 그것이 지금 일어나는 일들과 연관이 있을 리는 없다. 지금 벌어지는 이 일들은 그가 겪지 못했을 미래일 것이 분명할 테니까.

그런데도 불구하고 이같이 모든 일을 성공시키는 그 배

후에는 과연 뭐가 있는 것일까?

이미 천무진에 대해서는 상당히 많은 정보를 지니고 있다.

그랬기에 그의 주변에 대해서도 파악이 끝나 있는 상황이다. 대표적인 조력자는 셋, 무림맹주와 대홍련의 부련주 단엽.

그리고 정보 단체인 적화신루다.

잠시 그들에 대해 생각하던 휘장 안쪽의 인물이 갑자기 미간을 찌푸린 채로 중얼거렸다.

"……적화신루?"

허나 그는 곧 고개를 저었다.

그럴 리가 없지 않은가.

적화신루는 뛰어난 정보 단체이긴 하지만 그렇다고 최고는 아닌 자들이다. 개방조차 어쩌지 못하는 자신들을 그들의 도움만으로 이 정도까지 몰아붙이는 일이 가능했을 리가 없지 않은가.

그런데…… 이상하게 볼일을 본 후 뒤처리를 하지 않은 것 같은 찜찜함이 남았다.

잠시 고민하던 그자는 이내 결단을 내렸다.

굳이 고민할 이유가 없었기 때문이다.

조금의 의심이라도 있다면…… 없애면 그만 아니던가.

그가 물었다.

“천무진의 옆에 적화신루의 누가 있다고 했지?”

“사총관인 백아린이라는 여인이 있어요. 부총관으로 한천이라는 작자도 있고요.”

“백아린과 한천…….”

그는 두 사람에 대한 정보를 정확하게 기억하고 있었다.

고작 육 급과 칠 급으로 분류되는 하찮은 존재들.

그랬기에 무공으로는 그리 신경이 쓰이지 않았지만, 그 보고서에 적혀 있던 하나의 글귀가 떠올랐다.

뛰어난 두뇌를 지녔고, 조사 후 제거 대상으로 분류 가능성이 있다고 적혀 있었던 백아린에 관련된 정보였다.

“주란.”

“네, 어르신.”

“아무래도 한 명을 죽여 줘야겠군.”

죽여 줘야 할 것 같다는 말에 주란이 웃는 얼굴로 물었다.

“누굴 죽일까요?”

그녀의 질문에 휘장 안쪽에서 다시 한 번 목소리가 흘러나왔다.

“……백아린. 그 여자를 죽여.”

어르신이라 불리는 상대의 명령에 주란이 포권을 취하며 짧게 답했다.

“명 받듭니다.”

*　　*　　*

며칠의 시간이 흘렀고, 점점 적화신루의 임시 총회가 가까워지고 있었다.

그 전에 밀린 일 처리를 하기 위해서인지 백아린은 무척이나 바빴다. 그에 비해 나머지 세 사람은 다소 여유가 있었다.

한참 가지고 온 서찰들을 정리하던 백아린은 옆에서 느긋하게 놀고 있는 한천을 보며 억울하다는 생각이 들었다.

다른 두 사람이야 그렇다 쳐도 한천이 저러고 있는 걸 보면 이상하게 속이 뒤틀렸다.

그녀가 입을 열었다.

“부총관, 언제까지 놀 거야?”

“놀긴요. 지금 엄청 열심히 일하고 있는 거 안 보이십니까?”

한천이 재빠르게 옆에 있는 서찰을 들여다보는 시늉을 하며 둘러댔다.

그런 그를 향해 작게 한숨을 내쉬던 그녀의 시선이 이번에는 방에 있는 다른 두 사람에게로 향했다.

맞은편에 자리한 천무진은 백아린이 가져온 정보들을 보며 뭔가를 생각하는 듯했고, 이 일과는 아예 담을 쌓고 있는 단엽은 멀리에서 치치와 노는 데 바빴다.

치치를 제대로 돌봐줄 시간조차 없을 정도로 바쁜 나날들.

'휴, 그나마 다행이라고 생각해야 되나.'

틈만 나면 단엽이 치치와 놀아 주는 덕분에 그런 쪽에 관련된 부담은 한결 덜 수 있었다.

처음엔 단엽과 전혀 어울리지 않았던 치치였지만 계속해서 다가오는 그가 싫지 않았는지 이제는 제법 장단에 맞춰 주는 모양새였다.

……물론 단엽의 명령까지 따르지는 않았지만 말이다.

"치치! 앉아!"

순간 들려오는 단엽의 목소리.

하지만 치치는 멀뚱멀뚱 선 채로 그런 단엽을 올려다볼 뿐이었다.

전혀 말을 듣지 않는 치치의 모습에 단엽이 양손으로 자신의 긴 머리카락을 움켜쥔 채 고통스러운 듯 중얼거렸다.

"백아린의 명령은 그렇게 잘 들으면서 왜 내 말은 안 듣는 거야, 치치."

"주인은 나니까."

서찰을 휙휙 넘기며 가볍게 던져 낸 백아린의 그 한 마디에 단엽이 표정을 구겼다.

그가 말했다.

"두고 보자고. 언젠가 반드시 내 말을 듣게 될 테니까."

"그럴 일은 절대 없을 거야."

"지금 한 확신 어린 말을 후회하게 만들어 주지."

"언제든지."

어깨를 으쓱하며 백아린이 해 볼 테면 해 보라는 듯한 기색을 내비쳤다.

그런 그녀의 모습에 승부욕이 불타는지 단엽이 자리에서 벌떡 일어났다.

"옥수수! 그래, 치치가 좋아하는 옥수수를 좀 더 가져와야겠다."

말과 함께 단엽은 곧장 자리를 박차고 나갔다.

그가 사라진 문 쪽을 바라보며 한천이 키득거렸다.

"큭큭, 치치가 저리도 좋을까요?"

"그래도 덕분에 치치도 심심하지 않고 다행이지, 뭐."

"한가해서 좋겠네요."

"허어."

부럽다는 듯 말하는 한천의 모습에 백아린은 헛웃음을 흘렸다.

그나마 단엽은 치치라도 돌보지 한천은 하루 종일 빈둥거리는 일이 다반사였으니까.

그녀가 어처구니없다는 투로 말했다.

"……우리 중에 제일 한가한 게 누군지 알아?"

"누군데요? 에이, 설마 저라고 하시려는 건 아니겠죠?"

"아니까 다행이네."

"무슨 소리십니까. 지금 이거 보시라고요."

한천은 앞에 놓인 종이 뭉치를 가리키며 억울하다는 표정을 지어 보였지만, 백아린은 그새 관심 없다는 듯 시선을 돌려 버렸다.

그렇게 한천이 억울한 표정을 짓고 있는 때였다.

드르륵.

자리에 앉아 있던 천무진이 몸을 일으켜 세웠다.

다시금 적화신루에서 받아 온 정보들을 확인하던 백아린의 시선이 그에게로 향했다.

천무진이 입을 열었다.

"잠시 무림맹에 좀 다녀와야겠어."

"왜요? 무슨 일 있어요?"

"총군사가 시간 될 때 잠시 보러 와 달라고 했었거든. 마침 시간이 좀 비는 것 같아서 지금 갔다 올까 하고."

"그래요? 저도 다녀와야 하는데 아직 정리할 서류가 좀 남아서…… 아무래도 시간을 맞추긴 어려울 것 같은데 먼저 다녀와요."

"알았어."

말을 마친 천무진은 옆에 놓아둔 천인혼을 쥔 채로 방에서 빠져나왔다.

그러고는 곧바로 장원을 벗어나 무림맹이 있는 방향을 향해 움직였다. 제법 거리가 있었기에 번화가 인근까지는 빠르게 경공술을 펼치며 달려 나가던 천무진은 무림맹 인근에 도착해서야 속도를 늦췄다.

그렇게 도착한 무림맹. 천무진이 입구에서 자신의 신분을 밝히려 할 때였다.

먼저 그를 알아본 젊은 수문 위사가 빠르게 포권을 취하며 크게 소리쳤다.

"천룡성의 무인을 뵙습니다!"

우렁찬 목소리에 주변을 지나다니는 이들의 시선이 순식간에 천무진에게 쏠렸다.

그런 시선들이 부담스러웠는지 손으로 슬쩍 얼굴을 가린 천무진이 작게 말했다.

"됐으니까 그만."

"어서 안으로 드시죠!"

입구 근처에 있는 사람들의 시선을 피하기 위해 빠르게

안으로 들어선 천무진은 곧장 총군사 위지겸의 집무실을 향해 움직였다.

하지만 무림맹 내를 걷는 와중에도 천무진을 알아본 많은 이들이 선망 어린 시선으로 그를 바라보고 있었다.

홍천관의 말단 무인으로 자리하고 있을 때와는 확연하게 달라진 위상을 느낄 수 있었다.

그저 이름 하나만으로 모두의 존경을 받을 수 있다는 것.

그만큼 천룡성이라는 이름이 무림에서 지닌 힘이 크다는 걸 의미했다.

천무진이 작게 한숨을 내쉬며 중얼거렸다.

"하아, 이런 분위기 부담스러운데 말이야."

용무를 끝낸 천무진이 무림맹의 입구에서 막 걸어 나올 때였다.

옆에서 갑자기 한 여인의 목소리가 들려왔다.

"천룡성의 분이시죠."

갑자기 말을 걸어온 것도 그렇지만, 그 당사자가 여인이었기에 천무진은 자연스레 움찔했다.

그의 시선이 목소리가 들려온 옆으로 향했다.

그곳에는 화려한 인상의 삼십 대 정도 되어 보이는 여인 한 명과 중년의 사내 한 명이 자리하고 있었다.

얼굴이 기억나지 않는 과거의 그녀와는 완전히 다른 목소리.

허나 그럼에도 천무진은 방심을 하지 않은 채, 딱딱한 목소리로 차갑게 대꾸했다.

"누구지?"

그제야 여인은 자신의 정체를 밝히지 않았다는 걸 깨달았는지 포권을 취하며 입을 열었다.

"아, 이런 제 소개가 늦었군요. 어교연이라고 합니다. 적화신루의 육총관 직을 맡고 있죠."

여인의 정체는 바로 백아린을 시기하고, 그녀를 적화신루에서 쫓아내기 위해 호시탐탐 기회를 엿보던 어교연이었다.

어교연이 인사를 끝내기 무섭게 옆에 있던 사내도 인사를 건넸다.

"어교연 총관님을 모시는 부총관 경패라고 합니다."

두 사람이 자신들의 신분을 밝히자 그제야 천무진의 표정이 한결 풀어졌다.

이 둘이 백아린의 동료라는 사실을 확인했기 때문이다.

천무진이 입을 열었다.

"적화신루에 신세 많이 지고 있어. 고마움을 표하지. 무림맹에 일이 있는 모양인데 잘 끝내고 돌아……."

"아니요. 저희가 용무를 가지고 찾아온 건 무림맹이 아닌 천 공자님이세요."

어교연이 말에 천무진이 의아한 표정으로 되물었다.

"나?"

"네, 잠시 드리고 싶은 말씀이 있는데 시간 좀 괜찮으실까요?"

눈을 빛내며 물어 오는 그녀의 모습을 보며 천무진은 의아할 수밖에 없었다. 적화신루의 일이라면 백아린을 통해 전달하면 될 터.

그런데 굳이 육총관이 직접 나타나 자신에게 할 말이 있다고 하니…….

천무진이 짧게 답했다.

"잠깐이라면."

* * *

하고 싶은 말이 있다는 어교연의 말에 특별히 그들과 동행한 천무진이다. 하지만 그가 자리한 곳은 무림맹과 그리 멀지 않은, 꽤나 사람들이 많은 길가의 한쪽이었다.

근처에는 노점을 비롯한 가게들이 즐비했고, 옆의 거리도 오고 가는 사람들로 빼곡했다.

분명한 건 지금 이곳이 이야기를 하기에 그리 좋은 장소가 아니라는 점이었다.

어교연이 조심스레 말했다.

"여기보다는 조금 더 조용한 장소에 가서 이야기를 나눴으면……."

"내가 당신한테 해 줄 수 있는 건 여기까지야. 더 욕심내면 그거까지는 들어 줄 생각이 없어. 선택해. 여기서 하든지, 아니면 그만 헤어지든지. 다른 이들이 들으면 안 되는 이야기라면 전음으로도 충분하잖아."

애초부터 모르는 여인과 조용한 장소까지 가 줄 생각은 전혀 없었다.

과거의 삶에서 당했던 기억이 있는 천무진으로서는 이 정도 해 주는 것만으로도 충분히 배려를 해 주고 있는 것이다.

그리고 그 같은 배려를 해 주는 건 이들이 적화신루의 사람들이니까. 또 백아린, 그녀의 동료들이라 생각해서였다.

만약 그렇지 않았다면 아무리 사람 많은 장소라고 할지언정, 아무런 이유도 없이 모르는 여인을 굳이 따라와 줄 생각은 눈곱만큼도 없었다.

확고한 천무진의 말투에 어교연은 슬그머니 자신의 입술을 깨물었다.

'쉽지 않을 거라 생각은 했지만, 성격이 보통이 아니네.'

허나 지금 그와 대화를 원하는 건 자신이었다.

그러니 굽히고 들어가야 하는 것 또한 자신일 수밖에 없었다.

주변을 두리번거리던 그녀가 길 한쪽에 위치한 노점상을 가리키며 말했다.

"그럼 저기로 가서 이야기 나누는 건 어떨까요? 아무리 그래도 길 한복판에서는 사람들한테 너무 치여 대서요."

천무진은 어교연이 가리키는 노점을 바라봤다.

어차피 같은 길목에 위치한 곳이었기에 천무진 또한 그 정도는 수긍할 수 있었는지 고개를 끄덕였다.

그가 고갯짓을 하며 말했다.

"가지."

말을 마친 천무진이 먼저 성큼성큼 노점상으로 향했다. 노점에는 자그마한 의자 몇 개가 준비되어 있었고, 그중 하나에 천무진이 걸터앉았다.

뒤따라 도착한 어교연이 자리에 앉았고, 그런 그녀의 뒤편에 경패가 위치했을 때였다.

기다렸다는 듯 노점 주인이 다가왔다.

"뭐로 가져다 드릴까요?"

"그냥 경단 몇 개랑 엽차 정도 부탁해요."

"알겠습니다."

간단한 먹거리 몇 개를 주문한 이후 어교연이 주변을 둘러보며 가벼운 말을 던졌다.

"성도는 언제 와도 생기가 넘치네요. 너무 아름다운 마을이에요."

천무진과 이야기를 시작하기 위해 던진 말이긴 했지만, 반쯤은 진심이었다.

예전부터 백아린이 맡고 있는 이 인근 지역을 무척이나 탐냈던 그녀다. 특히나 이곳 사천성 성도는 요충지이자, 수많은 일들이 얽혀 있는 곳이다.

그만큼 적화신루에서도 중요한 지역이라는 뜻이었다.

가벼운 몇 마디 말에도 천무진은 별다른 대답이 없었고, 이내 노점상 주인이 앞에 가져다 놓은 엽차를 들어 올렸다.

그렇게 엽차를 한 모금 마시고서야 천무진이 입을 열었다.

"하고 싶은 말이 뭐지? 내게 할 말이라면 백아린을 통해 전달하면 될 텐데."

"백 총관을 통해 전달하기 조금 어려운 말이니까요."

"해 봐. 그 어려운 말이 뭔지."

천무진의 말에 기다렸다는 듯 어교연이 자신의 속내를 가감 없이 드러냈다.

"천룡성과 관련된 일을 앞으로 제가 맡았으면 해서요."

움찔.

찻잔을 든 천무진의 손이 멈칫했다.

잠시의 침묵, 그리고 이내 천무진이 입을 열었다.

"……왜? 백아린이 이 일에서 손을 떼고 싶다고 하던가?"

"아뇨, 그녀의 생각이 아니라 그냥 제 뜻이에요."

움찔했던 천무진은 어교연의 이어지는 말에 그제야 정확한 상황을 파악할 수 있었다.

사실 크게 내색하지 않으려 했지만 천무진은 그녀의 말에 당황했다.

순간적으로 백아린이 이 일에서 손을 떼고 싶어 하는 거라 여겼기 때문이다. 그렇게 생각을 하는 순간 천무진은 일순 머리가 복잡해졌다.

그만큼 그녀가 일을 진행하는 데 가지는 비중이 크다는 의미였다.

그리고 우습게도 당시 느껴졌던 감정 안에는 아쉬움이라는 것 또한 존재했다.

대체 왜?

허나 다행히도 그게 아니라는 사실을 알자 처음엔 안도가, 그리고 이내 이런 말로 자신의 심기를 건드려 버린 눈앞에 있는 상대에 대한 화가 슬금슬금 치고 올라왔다.

그런 천무진의 상태도 모르고 어교연이 웃는 얼굴로 말을 이어 나갔다.

“백 총관 능력 있죠. 일 처리도 무척이나 깔끔하고요. 저도 인정할 건 인정하는 사람이거든요. 하지만 그럼에도 불구하고 이렇게 나서서 저와 함께 일하시는 게 어떠냐고 제의를 하는 이유는 그토록 뛰어난 백 총관보다 제가 더 많은 걸 천 공자님께 드릴 수 있다 확신하기 때문이에요.”

그녀가 뒤편으로 손을 뻗자, 경패는 품 안에 가지고 있던 종이를 재빠르게 넘겼다.

수십 장은 넘어 보이는 종이 뭉치를 든 채로 어교연이 자신만만하게 말했다.

“천룡성의 일을 제게 맡겨 주시면 백 총관과는 달리 제가 해 드릴 수 있는 일을 말씀드릴게요. 첫째로…….”

“됐어, 거절하지.”

거절하기 어려울 정도로 많은 조건을 내걸 준비를 해 온 어교연이다.

손에 들고 있던 종이 뭉치는 그것과 관련된 것이었고, 필요하다면 이것보다 더 많은 부분을 투자할 용의도 있었다.

그런데 채 말을 꺼내기도 전에 거절을 당하니 그녀는 멍하니 천무진을 바라보기만 할 수밖에 없었다.

들어 보지도 않고 거절을 할 거라고는 생각조차 하지 못했으니까.

어교연이 당황스럽다는 듯 말했다.

"이야기를 아직 시작도 안 했는데요?"

"들어 볼 필요도 없으니까. 난 백아린과 계속 같이 갈 생각이야. 당사자가…… 날 필요하지 않다고 말하기 전까지는."

"말씀드렸잖아요. 제가 더 많은 걸 드릴 수 있어요. 천 공자께서 원하시는 더 많은 도움도 지원할 수 있고, 또 필요한 건 말만 해 주시면 얼마든지 더 해 드릴 수 있다고요."

어교연이 다급히 말을 이어 나갔다.

하지만 그런 그녀의 말에도 천무진은 확고한 목소리로 답했다.

"아니, 나한테 필요한 걸 줄 수 있는 건 당신이 아니라 그녀야."

그의 단호한 얼굴에는 조금의 흔들림조차 느껴지지 않았다.

이해가 가지 않는다는 듯 어교연이 물었다.

"왜 그렇게 생각하죠?"

"간단해. 당신 능력이…… 그녀보다 못할 테니까."

"저에 대해 아무런 것도 모르잖아요."

억울하다는 듯 어교연이 말했다.

천무진이 고개를 끄덕이며 말을 받았다.

"맞아, 당신에 대해 아무것도 모르지. 하지만 난 백아린, 그녀에 대해서는 알고 있거든."

몇 달을 함께했다. 그러면서 처음엔 몰랐던 백아린이라는 여인에 대해 많은 걸 알게 되었다.

그랬기에 이제는 확신할 수 있었다.

아마도 그녀보다 나은 적임자는 중원 어디에도 없을 거라고.

어교연은 화가 치밀어 올랐다.

항상 백아린에게 밀려 왔다.

그런데 자신의 실력을 전혀 알지도 못하는 상대가 무턱대고 백아린이 더 나을 거라 확신을 하고 있다.

그 자체가 기분이 나빴다.

그랬기에 더욱 악에 차오른 듯 어교연이 말했다.

"정당한 기회를 줘요. 제 능력을 보고 나서도 그리 말한다면 그때는 물러나죠. 하지만 기회조차 주지 않고 이런 평가를 하는 건 같은 총관인 저로서는 자존심이 상하는 일이에요."

어떻게든 상황을 바꾸기 위해 어교연은 자신의 능력을 보여 줄 기회라도 얻고자 했다.

우선은 끈을 부여잡고 그 이후에 어떻게든 자신의 능력을 보여 줘 그 생각을 바꾸고자 한 것이다.

그런 그녀의 말에 천무진이 입을 열었다.

"당신이 나에게 믿음을 줄 수 있을 것 같아?"

"물론이죠. 제가 일 처리 하는 걸 보면 분명히 흡족하실 거고……."

"아니, 일에 관련해서가 아니야. 그 외적인 거."

"외적인 거요?"

이해가 안 간다는 듯 되묻는 그녀를 향해 천무진이 천천히 이야기를 시작했다.

"난 말이야, 아무나 안 믿어. 아니, 정확히 말하자면 아무도 안 믿는 쪽에 가깝지. 그런데 그녀는…… 믿어. 아주 조금이긴 하지만 믿고 있다고."

저번 삶으로 인해 천무진은 쉽사리 누군가에게 곁을 내주지 않는다.

사내들에게도 그렇지만, 여인에게는 더더욱 그렇다.

훌훌 털고 싶어도 그게 말처럼 쉽지 않았다.

과거의 그 길었던 시간 동안 겪었던 것으로 인해 생겨난 두려움은 그리 가볍지 못했으니까.

그런 천무진에게 많든 적든 믿음을 준다는 건, 보통 일이 아니었다.

그의 대답에 전혀 이해가 안 간다는 듯 어교연이 대꾸했다.

“백 총관을 믿는다고요? 고작 그거 때문에 제 제안을 들어 볼 필요도 없다 말씀하시는 거고요?”

“그래. 그게 내가 이 제안을 거절하는 가장 큰 이유야. 내가 백아린, 그녀를 조금이지만 믿으니까. 그건 지금의 나에게 아무나 할 수 있는 일이 아니거든.”

다시금 대답을 들었지만 어교연으로서는 도저히 납득할 수가 없었다.

그깟 믿음이 뭐가 그리도 중요하단 말인가.

그딴 것들보다 지금 자신이 줄 수 있는 게 훨씬 많다 자부하고 있는 그녀로서는 이 모든 것들을 쉽사리 인정할 수가 없었다.

허나 확실한 건 지금으로선 자신의 말이 전혀 먹히지 않는다는 것이다.

이런 상황에서 계속 우겨대는 건 그저 어린아이의 치기 어린 행동처럼 보일 수밖에 없다.

분했고 욕심도 났지만, 지금은 물러나야 할 때였다.

자리에서 벌떡 일어난 어교연이 입을 열었다.

"좋아요. 보여 드리죠. 제가 그녀보다 얼마나 뛰어난지를. 그리고 또 천 공자께서 말씀하신 그러한 믿음을 줄 수 있다는 것도요. 그럼 그땐 생각을 달리해 주실 수 있으시겠죠?"

"그쪽한테는 안됐지만…… 그럴 일은 없을 거야."

확신 어린 천무진의 목소리에 어교연은 재차 불쾌감이 치밀어 올랐다.

하지만 지금 그런 감정을 내비칠 수는 없는 상황.

그녀가 몸을 돌리며 뒤편에 서 있던 경패를 향해 짧게 말했다.

"가자."

어교연은 곧바로 경패와 함께 사람들 사이로 사라졌고, 천무진 또한 들고 있던 엽차를 한 모금 더 마시고는 몸을 일으켜 세웠다.

그러고는 아무런 일도 없었다는 듯 천무진은 거처가 있는 방향을 향해 나아갔다.

천무진과 어교연이 대화를 나눴던 곳에서 그리 멀지 않은 곳에 위치한 다른 노점.

놀랍게도 그곳에는 백아린이 자리하고 있었다.

경단을 든 그녀는 무척이나 멍한 표정을 짓고 있는 상태였다.

무림맹으로 오던 도중 생각지도 못하게 어교연을 발견한 그녀다. 거기에 더욱 놀란 건 그녀가 천무진과 동행하고 있었다는 거다.

무슨 일인가 싶어 제법 거리를 두고 뒤쫓았고, 이곳에 앉아 그들이 나누는 대화를 주워들었다.

어교연이 천룡성의 일을 자신이 맡고 싶다며 욕심을 드러내는 순간 백아린은 화가 치밀어 자리를 박차고 일어났다.

어교연이 그녀의 개인적 욕심으로 적화신루를 엉망으로 만드는 것 같았기 때문이다.

하지만…… 백아린은 이어지는 천무진의 대답에 그 자리에 돌처럼 굳어 버렸다.

그리고 이어지는 흔들림 없는 대답들.

자신을 믿는다는 그 한마디.

비록 그 믿음이 아주 작다고 계속 언급한 것이 조금 불만이긴 했지만…… 그래도 그거면 충분했다.

그것이 천무진이라는 사내에게는 결코 가볍지 않다는 걸 알고 있었으니까.

백아린은 예전부터 눈치채고 있었다.

천무진이 순탄하지 않은 인생을 살아왔다는 사실을. 종

종 악몽을 꾸는 것 같았고, 작은 경련을 일으키는 것도 몇 번이고 목격했다.

혼자 자리할 때 눈동자에서 드문드문 드러나는 그 깊은 어둠까지도 잘 알고 있다.

그의 마음속에 있는 정체 모를 커다란 응어리.

그게 뭔지 묻지도, 또 알려고 하지도 않았다.

그 응어리의 정체가 무엇이든 간에 자신이 알려고 한다면 그것 자체가 천무진에게 상처가 될 수도 있다는 걸 알았기 때문이다.

다시 자리에 앉아 가만히 있던 백아린이 뭔가 쑥스러운지 경단을 쥔 반대편 손으로 볼을 긁적였다.

그녀가 중얼거렸다.

"참내. 이상한 부분에서 감동을 주고 난리네. 괜히 사람 기분 이상하게."

기분이 뭔가 묘했다.

믿는다는 그 말이 이상할 정도로 가슴으로 날아와 박혀버려서.

그랬기에 자신도 당당하게 말할 수 있었다.

백아린이 입을 열었다.

"걱정하지 말아요. 저도 당신과 같으니까."

자리에서 일어난 백아린이 고개를 돌렸다.

점점 멀어지고 있는 천무진의 뒷모습을 눈에 담으며 그녀가 누구에게도 들리지 않을 만큼 작은 목소리로 중얼거렸다.

"당신이 떠나라고 하기 전까지…… 저 또한 절대 당신 옆을 떠나지 않을게요."

2장. 안건

— 전혀

천룡성의 비밀 거점에서 약 세 시진가량 경공을 펼치면 도달할 수 있는 마을, 유춘(有春).

유춘은 그리 큰 마을은 아니었지만, 아름다운 경관과 여러 볼거리들로 꽤나 많은 이들이 드나드는 곳이었다.

덕분에 이곳은 언제나 사람들이 바글바글했고, 객잔이나 여타의 장소들 또한 외지인들로 가득했다.

그런 유춘의 수많은 인파 속.

그 안에 백아린과 한천이 자리하고 있었다.

한천은 얼굴을 드러내 놓고 있는 반면, 백아린은 죽립을 쓴 상태였다.

두 사람이 이곳에 있는 이유는 바로 오늘 이곳 유춘에서 적화신루의 총회가 있기 때문이었다.

아직은 해가 지기까지 제법 시간이 남은 시각.

그렇지만 이미 유춘의 번화가는 사람들로 꽉 차 발 디딜 틈을 찾기도 어려울 정도였다.

사람들 틈에서 움직이며 한천이 불만을 토해 냈다.

"사람들이 뭐 이리 많답니까."

"여기 사람 많은 게 하루 이틀 일인가. 투덜거릴 시간 있으면 빨리 길이나 좀 뚫어 봐."

백아린의 말에 한천은 길을 막고 서 있는 이들 사이에서 손을 번쩍 들어 올리며 크게 소리쳤다.

"좀 지나갑시다!"

한천이 곳곳에 있는 노점을 이용하는 이들 사이에 길을 만들어 준 덕분에 백아린은 보다 수월하게 움직이는 것이 가능했다.

그렇게 사람들이 북적이는 번화가를 지나 마침내 한숨 돌릴 정도의 여력이 생겼을 무렵, 마침내 목적지가 눈에 들어왔다.

그곳은 꽤나 커다란 장원이었는데 인근에서 알아주는 거부인 양관(楊貫)이라는 자의 거처였다. 항상 많은 이들이 찾아오는 곳이다 보니 입구는 문전성시를 이뤄 댔고, 그건 오늘도 크게 다르지 않았다.

앞에 선 채로 자신의 순서를 기다리던 백아린이 이내 입구를 지키고 있는 이에게 슬쩍 명패를 내비쳤다.

그녀가 짧게 말했다.

“초대를 받았어요.”

건넨 명패를 확인한 자는 백아린의 얼굴조차 보지 않았음에도 불구하고 곧바로 고개를 끄덕였다.

“안으로 드시죠.”

말과 함께 그가 누군가에게 수신호를 보냈고, 그러자 뒤편에 있던 자가 둘에게 다가왔다.

“안내하겠습니다.”

말과 함께 그자는 장원 안에 있는 어떤 장소로 두 사람을 안내했다. 그리고 이내 어딘가 깊숙한 곳에 이르러서야 사내가 포권을 취하며 말했다.

“이 안입니다.”

“고마워요.”

백아린이 짧은 말을 끝내고 곧바로 앞에 있는 문을 열고 안으로 들어섰다. 꽤나 넓은 공터, 그리고 수십여 개의 방이 준비되어 있는 공간이었다.

안에 자리하고 있던 이들을 확인한 백아린은 그제야 눌러쓰고 있던 죽립을 풀었다.

스르륵.

죽립은 벗은 그녀가 주변을 둘러봤고, 이내 근처에서 시간을 보내고 있던 이들이 자리에서 일어나 인사를 건넸다.

"오셨소, 사총관."

인사를 건네는 인파들 중 가장 먼저 다가온 건, 적화신루의 일총관이자 백아린의 진짜 정체를 알고 있는 진자양이었다.

그를 향해 백아린 또한 포권으로 답했다.

"잘 지내셨지요?"

"물론이오. 그나저나 이렇게 금방 다시 보게 될 줄은 몰랐소."

총회가 끝나고 그리 많은 시간이 흐르지 않은 상황이다. 그러던 차에 급히 열리게 된 임시 총회, 그 이유는 바로 백아린의 요청 때문이었다.

백아린이 물었다.

"회의는 언제쯤 시작될까요?"

"아직 몇몇이 오지 않기도 했고, 루주님도 모습을 드러내시려면 한 시진 정도는 더 걸릴 것 같소. 시간이 좀 남았으니 배정된 방으로 가서 쉬다가 오면 되오. 저쪽으로 가면 방에 명패가 걸려 있을 테니 찾는 게 그리 어렵진 않을 게요."

"네, 그럼 이따가 다시 뵐게요."

사전에 오래 대기를 할 인원들을 위해 각자의 방을 배정해 두었고, 당연히 사총관인 백아린이 쉴 곳도 준비되어 있었다.

짧은 대화를 마친 후, 백아린과 한천은 건물들이 밀집해 있는 쪽으로 걸음을 옮겼다.

한천이 잘됐다는 듯 길게 하품을 하며 말했다.

"하암, 피곤했는데 총회 시작 전까지 눈 좀 붙여야……."

말을 내뱉고 있던 한천은 이내 뭔가를 발견했는지 황급히 입을 닫았다. 자신들이 가는 길목의 한쪽에 위치한 자그마한 장소.

몇몇 이들이 앉아 차를 즐기고 있는 그곳에 유쾌하지 않은 얼굴이 보여서다.

육총관 어교연과 그녀의 부총관 경패였다.

그들이 혹여나 자신의 목소리를 들을까 황급히 입을 닫은 것이다.

그때, 거의 동시에 둘을 발견한 백아린의 눈초리가 슬며시 꿈틀거렸다.

이틀 전 있었던 천무진과 어교연의 만남 때문이다.

당시 어교연은 비밀리에 천룡성과 관련된 모든 일을 자신이 취하려 손을 썼었다. 물론 그 제안은 천무진의 매몰찬 거절로 끝났지만 말이다.

평소였다면 귀찮아 피했던 상대, 허나 오늘은 조금 달랐다.

백아린이 오히려 어교연이 있는 쪽으로 성큼성큼 다가가자 자신들을 발견할까 서둘러 하던 말도 멈추었던 한천이 식겁해서 입을 열었다.

"대, 대장. 거기에는……."

"어라? 육총관님이시네요."

다가가는 것으로 모자라 먼저 어교연을 향해 말을 거는 백아린의 모습에 한천이 표정을 구겼다.

'뭐 잘못 드셨나.'

평소 같지 않은 모습에 이해할 수 없다는 생각을 하고 있는 그때였다.

백아린을 발견한 어교연의 눈동자가 흔들렸다.

가뜩이나 이틀 전 천무진에게서 백아린과 비교당하며 자존심에 큰 상처를 입은 그녀다. 그런 상황에서 보고 싶지 않은 당사자를 마주하자 짜증이 팍하고 치밀어 올랐다.

마음 같아서는 저 생글생글 웃고 있는 얼굴에 이 뜨거운 찻물이라도 확 끼얹고 싶었지만…….

어교연은 애써 감정을 억누르며 반가운 척 입을 열었다.

"어머, 이게 누구야. 반가운 얼굴들이네."

백아린과 한천을 번갈아 보며 말하는 어교연의 말투는 싸늘했다.

그런 그녀를 향해 백아린이 아무렇지 않게 말을 받았다.
“먼 길 오느라 고생하셨겠어요. 담당하시는 구역에서 여기까지 꽤 멀죠?”
마치 놀리는 것 같은 말투에 어교연은 더욱 짜증이 치밀었다.
그녀가 답했다.
“그러게요. 중앙 지역에서 했으면 조금 더 편했겠지만…… 어쩔 수 없죠, 루주님이 내리신 명령이니까요.”
백아린은 모든 총회를 자신이 있는 곳과 가까운 곳에서 열어 달라는 청을 했었고, 그걸 가짜 루주는 승낙했다.
어교연은 그 사실이 불만스럽다는 사실을 슬쩍 내비치긴 했지만 그렇다고 해서 변하는 건 없었다.
루주의 명령은 절대적이었으니까.
새삼 저번 총회에서 루주가 이런 말도 안 되는 일까지 승낙해 줬다는 사실이 떠오르자 어교연은 더욱 부아가 치밀어 올랐다.
루주에 이어 천무진까지.
둘 모두가 백아린을 선택했다.
대체 왜?
백아린을 바라보는 어교연의 눈동자가 차갑게 가라앉았다. 언제나 그녀에게 밀리는 이 현실을 인정할 수가 없었다.

분명 자신이 더 뛰어나거늘 왜 사람들은 저 여인을 선택하는 걸까?

어교연이 생각하는 답은 언제나 하나였다.

결국 그녀가 참지 못하고 속에 담아만 두었던 말을 꺼내어 들었다.

"예뻐서 좋겠어요. 그 얼굴 하나면 모든 게 만사형통이니까."

감추려 했지만, 그 말투에서는 숨기기 어려울 정도로 가시가 돋쳐 있었다.

어교연의 그 말에 뒤편에 있던 한천의 표정이 묘하게 변했다.

정도를 넘어서는 말이라는 판단이 들어서다.

결국 참지 못한 한천이 입을 열었다.

"육총관님 말씀이 좀 이상하시군요."

"어머, 사총관 기분 나쁘셨으면 미안해요. 다른 뜻이 아니라 얼굴이 예쁘다고 칭찬하는 말이었어요."

그저 칭찬이었다고 둘러대고 있었지만 백아린은 지금 어교연이 내뱉은 말의 의미를 정확히 파악하고 있었다.

이틀 전 있었던 천무진과의 만남.

그 자리에서 매몰차게 거절당한 이유가 자신의 외모 때문이라 여기고 있는 모양이다.

마치 그 반반한 얼굴로 천무진을 꼬드긴 것이 아니냐는 듯한 말투. 실력이 아닌 외모 때문에 자신이 밀렸다고 믿고 싶은 것이 분명했다.

변명을 내뱉은 어교연을 향해 백아린이 미소를 지으며 입을 열었다.

"칭찬이라고 하시니 저도 오해 없이 그 말 곧이곧대로 들을게요."

"역시 사총관은 성격도 좋으셔."

입을 가리며 웃는 시늉을 해 보이는 그녀에게 백아린이 짧게 말을 이었다.

"저희는 좀 가서 쉴게요. 이따 뵙죠."

막 말을 마치고 두어 걸음 나아가던 백아린이 갑자기 멈추어 섰다. 그러고는 억지 미소가 가득한 얼굴로 앉아 있는 어교연을 향해 그녀가 다시 말을 이었다.

"아 참, 그런데…… 얼굴도 쓸 만하지만, 그것보다 실력이 더 쓸 만하지 않을까요?"

백아린의 그 한마디에 어교연의 얼굴이 일순 새빨갛게 변했다.

정확하게 뭔가를 짚고 이야기한 건 아니다. 그런데 저 말에서 묘하게 이틀 전 천무진과 나눴던 대화가 떠오르는 건 무엇 때문일까?

말을 끝낸 백아린은 여유 가득한 얼굴로 사라졌고, 그만큼 어교연의 머리는 복잡해졌다.

'뭐야 대체? 저 모든 걸 다 알고 있다는 듯한 행동은. 설마 내가 찾아갔었다는 사실을 벌써 사총관한테 그대로 말한 거야?'

그랬을 가능성을 배제할 순 없지만…….

사라지는 백아린의 뒷모습을 바라보던 어교연은 짜증이 나는지 자신의 머리를 양손으로 부여잡았다.

이틀 전에는 천무진에게, 그리고 오늘은 백아린에게.

두 사람에게 연속으로 한 방씩 얻어맞은 기분이 드는 건 왜일까?

어교연과 헤어지고 자신들에게 배정된 방으로 들어온 직후 한천이 입을 열었다.

"육총관이 오늘따라 감정 조절을 잘 못 하는 거 같은데 왜 저런답니까?"

평상시에도 시비를 걸어 대던 그녀다.

하지만 언제나 적정선을 긋고 행동했었다. 추후에 문제가 되지 않기 위해서였고, 언제나 그 선을 잘 지키며 행동해 왔다.

물론 오늘도 다소 두루뭉술한 말로 빠져나갈 구석을 만

들어 놓고 도발을 걸어 대긴 했지만, 평소에 비해서는 무척이나 깊게 들어왔다는 느낌을 받았다.

자신이 참지 못하고 나설 정도로 말이다.

무례한 어교연의 행동에 한천은 불쾌해했지만 백아린은 입가에 미소를 머금은 채로 웃고 있었다.

그 모습이 이해가 안 가는지 한천이 물었다.

"아니, 뭐가 그리 좋다고 계속 웃으십니까?"

"……있어. 그런 게."

알 수 없는 말과 함께 여전히 웃고 있는 백아린의 모습에 한천이 고개를 갸웃했다.

"기분 안 나쁘십니까?"

"전혀."

말을 마치고 백아린은 침상에 걸터앉았다.

그녀가 침상 바로 옆쪽에 있는 창문을 통해 바깥을 바라보며 나지막이 말을 이었다.

"……기분 나쁘지 않을 이유가 하나 있거든."

해가 조금씩 사라지며 붉은 석양이 유춘이라는 마을을 물들이기 시작할 때였다.

하나둘씩 모이기 시작한 회의장에는 곧 수많은 인원들이 자리했다.

워낙 갑작스럽게 정해진 총회고, 시간 또한 촉박했기에 평소보다는 적은 인원들이 자리하게 되었지만, 그래도 그 수가 제법 되었다.

스무 명 가까운 인원들이 자리한 회의장은 조용했다.

그들 모두는 곧 나타날 루주를 기다리고 있었다.

적화신루 루주가 정체를 가리고 있을 붉은 휘장이 쳐진 상석과 가장 가까운 곳에는 언제나처럼 일총관 진자양이 자리하고 있었다.

겉보기에는 곧 나타날 루주를 기다리고 있는 것 같은 모양새.

허나 진자양의 신경은 백아린에게로 향해 있었다.

그가 그녀를 슬그머니 바라보며 전음을 날렸다.

『회의를 시작해도 되겠습니까?』

『준비들 끝난 거 같으니…… 슬슬 시작하죠.』

『알겠습니다, 루주님.』

백아린의 승낙이 떨어지자 진자양은 슬쩍 붉은 휘장의 끝자락을 잡아당겼다.

그러자 휘장 안쪽에 있는 문을 통해 누군가가 모습을 드러냈다. 붉은 휘장 때문에 정체를 확인할 수 없는 그 누군가.

하지만 모두는 그가 적화신루의 루주라 여겼다.

진짜 루주가 백아린이라는 걸 아는 몇몇만을 제하고는.

휘장 너머에 나타난 그림자가 의자에 자리하자, 기다렸다는 듯 진자양이 소리쳤다.

"적화신루의 루주님을 뵙습니다!"

"루주님을 뵙습니다!"

고함 소리와 함께 회의장에 자리한 스무 명에 달하는 적화신루의 인물들이 동시에 무릎을 굽히며 예를 갖췄다.

그리고 그 예를 취하는 사람들 속에는 당연히 백아린 또한 자리하고 있었다.

그녀가 슬그머니 고개를 들어 올리며 휘장 너머에서 움직이는 그림자를 바라봤다.

이윽고 휘장 안에 있는 가짜 루주의 입에서 낮은 중저음의 목소리가 흘러나왔다.

"회의를 시작하지."

*　　*　　*

적화신루의 가짜 루주가 나지막한 목소리로 회의의 시작을 알리는 그 순간, 기다렸다는 듯이 진자양이 말을 받았다.

"오늘 이렇게 긴급 총회를 열게 된 건 다름 아닌 사총관의 요청 때문이오. 그 안건이 뭔지는 본인에게 직접 들어보겠소이다."

급히 총회가 열린 것이 백아린 때문이라는 사실을 알자 한편에 자리하고 있던 어교연의 표정이 일그러졌다.

하나부터 열까지 모든 게 마음에 들지 않았다.

그리고 그런 반응을 보이는 건 비단 어교연뿐만이 아니었다.

적화신루의 실질적인 삼인자로 분류되는 자.

이총관 황균 또한 마찬가지로 불편한 표정을 지어 보이고 있었다.

저번 총회를 통해 어교연과 뜻을 같이하기로 결정한 그다. 백아린을 자신의 자리를 위협하는 적으로 분류한 직후니 그녀의 일거수일투족이 마음에 들 리가 없었다.

'나도 쉽사리 요청해 본 적 없는 긴급 총회를 건방지게…….'

속으로 이를 부득부득 갈며 황균은 눈을 빛냈다.

만약이라도 오늘 꺼내는 안건에서 조금이라도 트집 잡을 부분이 있다면 어떻게든 물고 늘어질 요량이었다.

적화신루 내에서 백아린이 가지고 있는 위상을 깎아내리기 위해서였다.

두 사람이 적의를 드러내고 있는 그때 백아린이 앞으로 걸어 나와 중앙의 길목에 섰다.

그녀는 먼저 적화신루의 가짜 루주가 있는 붉은 휘장 너머로 예를 갖추고는 이내 다른 이들을 향해 시선을 돌렸다.

백아린이 입을 열었다.

"바쁘신 분들을 이렇게 불러 모으게 된 점 송구하게 생각합니다. 허나 그만큼 중요한 일이 있어서요."

"흐음, 사총관이 이리 모았다면 어련히 중요한 일이겠습니까. 다만 전례에 그리 많지 않은 긴급 총회까지 열 일이라…… 그게 얼마나 대단한 일일지 궁금하군요."

백아린의 말에 답하는 황균의 말투에서는 묘한 가시가 느껴졌다. 그리고 그걸 눈치채지 못할 정도로 백아린은 어리석지 않았다.

그다지 가까운 사이는 아니었지만, 이토록 자신에게 이를 드러낸 적은 없는 상대.

그런 그가 자신에게 뭔가 불만스러움을 내비치고 있었다.

이유가 뭔지 고민은 그리 길지 않았다.

'어교연에게 넘어간 모양이네.'

단순히 불편한 걸음을 하게 했다는 이유만으로 이런 반응을 보일 상대는 아니었으니, 답은 너무도 쉽게 나왔다.

알면서도 백아린은 전혀 신경 쓰지 않고 자신이 해야 할 이야기를 꺼내기 시작했다.

"아실 분들은 아시겠지만 천룡성이 무림맹에 자신의 정

체를 드러냈어요. 그리고 그 자리엔 저도 있었죠. 본격적인 이야기를 하기 앞서 그간 있었던 일을 말씀드리자면…….”

백아린은 무림맹의 별동대로서 움직이며 있었던 일을 간략하게 보고했다.

정보 집단인 적화신루의 고위층들.

당연히 어느 정도의 정보들은 이미 가지고 있었지만, 당사자의 상세한 설명보다 깊을 수는 없었다. 모두가 놀란 얼굴로 백아린의 이야기를 경청했다.

그리고 그간 있었던 이야기를 모두 듣자 왜 그녀가 천룡성에 모든 걸 집중해야 한다고 강력하게 주장하는지 어느 정도 납득이 갈 수밖에 없었다.

자신들조차 알지 못했던 모종의 세력.

그들이 뭔가를 벌이고 있고, 그것은 무림을 뒤흔들지도 모를 위험천만한 일들이었다.

허나 백아린이 이들을 모은 건 그 같은 사실만 전달하기 위함이 아니었다.

그녀가 말을 이었다.

“설명드릴 건 이 정도면 된 것 같고, 오늘 이렇게 많은 분들을 모이게 한 건 외부에서 들어온 요청이 하나 있어서예요.”

외부에서 들어온 요청이라는 말에 모두의 시선이 한 번

더 집중됐다. 그리고 그 안에는 호시탐탐 물어뜯을 기회만 엿보는 어교연과 황균 또한 자리하고 있었다.

백아린이 입을 열었다.

"개방 방주 장량이 루주님을 만나 뵙고 싶다는 청을 해 왔습니다."

"개방 방주가?"

놀란 듯 황균이 중얼거렸다.

자신도 모르게 말을 내뱉은 건 비단 그뿐만이 아니었다. 회의실에 자리하고 있던 모든 이들 사이에서 자그마한 웅성거림이 일기 시작했다.

그만큼 이건 가벼운 일이 아니었다.

같은 길을 걸어가는 사이.

어찌 보면 동업자라 할 수 있었지만, 엄밀히 따지고 보면 적에 더 가까운 관계라 봐야 옳을 게다.

오랜 무림의 역사 동안, 개방은 적화신루를 그리 높게 쳐주지 않았다. 자신들이 최고라는 자부심이 있어서다. 그런 그들의 수장이 적화신루 루주에게 만남을 요청했다.

그것이 가지는 의미는 과연 무엇일까?

이미 백아린을 통해 어떤 안건이 들어올지 사전에 들어 알고 있었던 가짜 루주다.

허나 그가 모르는 척 고민스러운 목소리로 입을 열었다.

"어찌 생각하는가."

"이건 기회입니다! 개방과 적화신루가 동급이라는 걸 알릴 수 있는 절호의 기회이니 놓쳐선 안 될 거라 생각됩니다."

오총관 조광건이 급히 말했다.

허나 삼총관 서원은 생각이 조금 다른지 그런 그를 향해 말했다.

"무슨 꿍꿍이인지 모르는 지금 만나서 득이 될 것이 있을는지요. 장량은 겉보기와 달리 위험한 자입니다. 보다 신중하게 접근해야 할 필요가 있습니다."

"그렇게 조심만 하다가는 언제 그들을 넘어설 수 있겠습니까."

"오총관의 말뜻을 모르는 바는 아니지만, 돌다리도 두들겨 보고 건너야 한다는 말이 있습니다. 시간이 걸리더라도 천천히 가는 것이 옳지요."

"그렇게 조심해서 가야 한다는 이유로 이토록 긴 시간이 흘렀습니다. 언제까지……."

"조용. 모든 결정은 루주님이 내릴 것이오."

두 사람의 목소리가 커지려 하자 진자양이 빠르게 상황을 정리했다. 분위기가 자신들이 원치 않는 방향으로 치우치는 걸 사전에 막기 위한 방책이었다.

의견은 묻고 있지만 사실 이미 답은 며칠 전부터 정해진 상태였다.

지금 이 총회는 의견을 묻기 위해 만들어진 자리가 아니었다. 진짜 루주 백아린이 내린 결정을 모두에게 알리는 것. 그것이 바로 오늘 이 임시 총회를 연 이유였다.

"흐으음."

이미 답은 정해져 있었지만, 휘장 안에 자리하고 있는 가짜 루주는 고민스러운 듯 소리를 흘렸다.

약 반각 가량을 그렇게 고민하는 시늉을 해 보이던 그가 마침내 입을 열었다.

"……개방의 방주를 만나 봐야겠군."

루주의 결단에 조광건의 얼굴에는 화색이 돌았지만, 반대로 서원은 입맛을 다셨다.

그 누구도 루주의 결단에 아무런 말을 못 하고 있던 찰나 백아린이 입을 열었다.

"그렇다면 개방 방주께 루주님의 뜻을 전하고, 약속을 잡도록 할게요."

"그렇게 해 주게."

둘의 말이 끝나자 기다렸다는 듯 일총관 진자양이 나서서 이야기를 다른 쪽으로 돌렸다.

"사총관의 안건은 이걸로 매듭짓고, 이왕 이렇게 만난

김에 해결해야 할 몇 가지 일들도 마무리를 지었으면 하오. 우선은……."

진자양은 다른 안건들을 입에 올렸고, 이내 빠르게 그것들에 대한 결론을 내리기 시작했다.

그렇게 진행되어 가는 회의에서 황균은 여전히 불편한 표정을 지은 채로 자리하고 있었다.

백아린이 가져온 안건을 듣고 어떻게든 트집을 잡으려 했다. 그렇지만 그것이 개방 방주와 관련된 것이다 보니 뭔가 꼬투리를 잡기가 어려웠다.

사실 황균은 개방 방주와 약속이 잡힌 상황이 못내 마음에 들지 않았다.

만약에라도 이번 일을 통해 적화신루에 뭔가 큰 득이 생기게 된다면 그 모든 공로는 둘 사이를 연결한 백아린에게 갈 공산이 컸기 때문이다.

'젠장, 대체 어떻게 저런 일들을 귀신같이 잡아 오는 거야?'

각자의 생각들이 가득한 채로 총회는 끝을 맺었다.

총회는 끝이 났지만 언제나처럼 진짜 회의는 그 이후에 이루어졌다. 일총관과 백아린, 그리고 한천만이 남은 채로 모두가 나갔고 그 이후에 휘장 안에 있던 가짜 루주가 모습을 드러냈다.

가짜 루주를 연기하는 인물이자, 일총관의 두 번째 부총관인 주서호(周西豪)가 백아린을 향해 예를 취했다.

"루주님을 뵙습니다."

"고생했어요."

말과 함께 그녀가 자신의 자리에 가서 앉았고, 이내 네 사람의 대화가 시작됐다.

진자양이 말했다.

"시간은 추후에 양측이 대화를 통해 정하도록 하면 될 것 같고, 만나는 규모는 어떻게 하면 좋겠습니까? 주 부총관을 필두로 하여 한 오십여 명 정도 준비할까 싶은데……."

진자양은 개방 방주 장량과의 만남에도 가짜 루주를 자리하게 할 계획이었다.

허나 백아린의 생각은 달랐다.

"아뇨, 이번엔 제가 직접 만날 생각이에요."

"루주님께서 직접 말씀이십니까?"

"네, 무슨 대화가 오갈지 장담할 순 없지만, 그 자리에서 바로 결단을 내려야 할 것들도 있을지 모르니까요. 아무래도 제가 가는 게 나을 것 같아요. 거기다가 장량은 보통내기가 아니에요. 정말 낮은 확률이긴 하지만 최악의 경우 가짜 루주를 내세웠다는 사실을 눈치챌지도 몰라요."

개방의 방주가 직접 움직였거늘, 적화신루 측에서 가짜 루주를 내세운다는 건 큰 문제를 야기할 수도 있는 일이다.

그랬기에 백아린은 보다 확실하고 뒤탈이 없도록 직접 움직이기로 마음먹은 것이다.

진자양이 조심스레 입을 열었다.

"혹 정체를 드러내실 생각은 아니시지요?"

"물론이죠. 오늘처럼 이렇게 휘장을 둔 채로 만날 생각이에요. 사내 목소리를 내는 것은 어렵지 않고, 역용술이나 간단한 분장 정도로 덩치도 속일 수 있고요. 그림자만 보고 제 정체를 알 수는 없겠죠."

백아린의 말에 진자양은 고개를 끄덕였다.

말대로 가짜 루주인 주서호가 나서는 것에는 한계가 있다.

물론 그 자리에 백아린 또한 동석을 해서 전음으로 대화를 진행하는 것도 가능하지만 만약이라는 것이 있다.

장량이 단둘만의 대화를 원해서 모두를 물린다면 어찌하겠는가. 그 상황에서 백아린이 함께 남아 있겠다고 우길 수도 없는 노릇이다.

백아린의 뜻을 받아들인 진자양이 곧바로 물었다.

"그럼 인원은 어느 정도 규모로 하실 생각이십니까?"

"그쪽 뜻도 들어 보고 정할 일이긴 하지만 가능하면 우리들 선에서 마무리 지으려고요."

"……설마 두 분만 움직이실 계획인 겁니까?"

우리라는 말에 진자양이 놀란 듯 말했다.

백아린이 이렇게 말한다면 그 포함 대상은 언제나 한 명 뿐이었다.

부총관 한천.

백아린은 한천과 단둘이 개방 방주를 만나려고 하고 있었다.

놀란 그를 향해 백아린이 대수롭지 않게 대답했다.

"네, 가능하면 적은 인원끼리 만나는 게 나을 것 같아요."

"개방 방주의 뜻도 같을까요?"

"이야기는 해 봐야겠죠. 하지만 그쪽도 그리 번거로운 걸 좋아하는 사람은 아닌 것 같아서요. 저희의 제안을 받아들일 공산이 클 거예요."

우선은 개방에서도 두 사람만 움직이도록 청해 보고, 그 요청이 받아들여지지 않는다면 그 후에 다시금 규모를 정하면 될 일이다.

백아린의 말에 진자양이 답했다.

"알겠습니다. 그럼 그리 알고 진행하도록 하지요."

개방 방주와의 만남에 대해 이야기가 정리되어 가는 그 무렵 백아린이 퍼뜩 생각났다는 듯 입을 열었다.

"아 참, 일총관님 부탁이 하나 있는데요."

"예, 하명하시지요."

"이총관과 육총관의 낌새가 조금 이상한데, 어리석은 행동 하지 못하도록 감시 좀 부탁할게요."

백아린의 말에 진자양이 깜짝 놀라 되물었다.

"이총관까지 말입니까?"

"네, 잘은 모르겠지만 육총관의 감언이설에 넘어간 것 같아서요. 여태까지와 다르게 저한테 적의를 드러내는 느낌을 받았어요."

이총관 황균까지 거론되자 진자양의 표정이 진중해졌다. 예전부터 어교연이 백아린을 달갑지 않게 여긴다는 사실은 잘 알고 있었다.

하지만 백아린이 그냥 내버려 두라 명하기도 했고, 그것이 적화신루에 큰 문제는 되지 않아 방관을 해 오던 진자양이다.

허나 이에 황균까지 가세한다면 이야기는 달라진다. 그는 적화신루 내에서 세 번째 서열을 지닌 인물이었으니까.

두 사람이 힘을 합쳐 백아린을 적대시한다면 예전과는 비견할 수 없는 골칫거리가 될지도 모른다.

그런 사실을 알기에 진자양이 조심스레 입을 열었다.

"이 기회에 둘을 쳐 내시는 것이 어떻겠습니까?"

백아린은 적화신루의 진짜 루주다.

그녀가 마음먹는다면 두 사람을 이곳에서 쫓아내는 것도 가능했지만…….

백아린이 피식 웃더니 이내 작게 고개를 저었다.

가능은 하지만 그것이 옳지 않은 선택이라는 확신이 있어서다.

비록 사적으로 문제가 있는 건 사실이지만 그렇다고 두 사람의 능력이 모자란 건 아니었다. 지금은 적화신루를 보다 높게 날 수 있도록 만들어야 할 때다.

어차피 그들이 적의를 지니고 있는 상대는 루주인 백아린이 아니다.

사총관인 백아린, 그녀를 적으로 여기고 있는 상황이니 결론적으로 적화신루에게 큰 피해를 끼치지는 않을 것이다.

이런 상황에서 사사로운 감정으로 두 사람을 쫓아내는 건 어리석은 행동이다.

적화신루를 위하여.

그 하나를 위해 지금은 그저 모르는 척 봐주고 있는 것뿐이다.

허나 그 두 사람이 결국 적화신루에 해를 끼친다고 판단되는 순간이 온다면……

백아린이 흔들림 없는 표정을 지은 채로 말했다.

“두고 보죠. 아직은…… 칼을 뽑을 때가 아니니까요.”

칼을 뽑을 때는 신중하게.

그리고 칼을 뽑았다면…… 완벽하게.

3장. 홍화루
— 지금 당장

홍화루(紅花樓).

사천에 자리하고 있는 손꼽히는 기루의 이름이다. 구하기 힘든 각지의 술들을 마실 수 있고, 아름다운 기녀들이 즐비한 곳.

지상 낙원이라 불리며 기루를 좋아하는 사내들에겐 일생에 한 번은 꼭 가 보고 싶은 곳으로 손꼽히는 장소다.

커다란 전각은 다섯 개 층으로 되어 있는데, 위로 올라갈수록 가격은 기하급수적으로 늘어난다.

실제로 가장 꼭대기 층인 오 층은 입장부터 보통 사람이 몇 년은 일해야 모을 수 있는 수준의 돈을 지불해야만 가능했다.

물론 그것은 오롯이 입장료였고, 그 이후에 드는 돈 또한 어마어마했다.

평범한 이들을 떠나 어지간히 돈이 있는 자들조차 함부로 드나들 수 없는 특별한 곳. 그랬기에 이곳 홍화루의 오 층을 드나드는 이들은 엄청난 재력가들뿐이었다.

그리고 설령 돈이 있다고 해서 모두가 홍화루 오 층에 입장할 수 있는 것도 아니었다.

특별한 조건이 있고, 그것을 만족시키는 자만이 출입할 수 있었다.

그런 홍화루의 입구로 한 명의 여인이 다가서고 있었으니, 그 정체는 주란이었다.

그녀는 사람 많은 홍화루의 입구로 들어서서 곧바로 계단을 통해 위층으로 이동하기 시작했다. 각 층을 넘어설 때마다 그곳을 지키는 무인들이 있었지만, 주란은 그들에게 아무런 제지도 받지 않은 채 쭉쭉 올라갈 수 있었다.

그렇게 오 층에 도착하는 순간 그곳에는 여태까지와는 비교도 되지 않을 정도로 삼엄한 경비가 펼쳐지고 있었다.

꽉 닫힌 문을 앞에 둔 채로 도열해 있는 무인들을 향해 주란이 짧게 입을 열었다.

"짜증 나게 시야 가리지 말고 비켜."

그녀의 그 한마디에 곰처럼 커다란 덩치를 지닌 사내들이 황급히 양옆으로 갈라섰다.

주란은 곧바로 터벅터벅 안쪽으로 움직였다.

이윽고 열린 오 층의 내부, 그렇지만 그녀의 목적지는 이곳이 아니었다.

오 층의 한쪽에 위치한 자그마한 계단.

주란은 위로 향하는 그 계단 쪽으로 걸음을 내디뎠다. 그렇게 걸음을 옮기던 그녀는 밀려드는 하얀 연기를 보며 힐끔 옆으로 고개를 돌렸다.

오 층은 십여 개의 방으로 구성되어 있었는데, 일부 방의 문이 열려 있어 내부를 확인할 수 있었다.

그리고 그중 한 방의 내부에서 자욱한 하얀 연기가 뭉글뭉글 피어오르고 있었다.

지독할 정도의 연기 안에서는 눈이 풀린 뚱뚱한 사내가 헤벌쭉 웃고 있었다. 그리고 그런 그의 옆에는 마찬가지로 몽롱한 표정의 여인이 반라의 상태로 누워 있었다.

주변에 피어오르는 하얀 연기와 기괴한 모습 때문인지 이 모든 것이 꿈처럼 느껴지는 모습들.

허나 주란은 그런 이들의 모습을 보며 비웃음을 흘렸다.

'한심하긴.'

홍화루의 오 층에서 이런 모습은 너무도 익숙한 것이었다.

이곳은 아편굴이었으니까.

게다가 이곳에서 사용되는 아편은 보통 접할 수 있는 종류의 것과는 차원이 달랐다. 수십, 어쩌면 수백 배에 달하는 중독성을 지녔으며 그만큼 더 엄청난 환각을 보여 주는 것이었다.

그랬기에 이곳 홍화루의 아편을 접한 이라면 이후엔 다른 그 어떠한 것으로도 만족할 수 없었다. 그만큼 이곳에서 사용되는 아편은 특별했다.

계단을 밟고 올라선 주란은 이윽고 옆에 있는 벽면에 손을 가져다 댔다. 그녀의 손바닥이 벽 한쪽에 위치한 장치를 건드렸고, 곧바로 위쪽에서 자그마한 소리가 울렸다.

딸칵.

이음새가 풀리는 소리가 난 이후에야 주란은 손바닥으로 천천히 천장의 일부를 밀어 올렸다. 그러자 그곳에서는 여태까지 보이지 않던 통로가 모습을 드러냈다.

주란은 곧바로 통로를 통해 위층으로 올라섰다.

그곳에 자리하고 있던 경비병이 서둘러 주란을 향해 무릎을 꿇었다.

"오셨습니까, 루주님."

모두가 주란에게 이처럼 깍듯하게 구는 이유는 바로 그녀가 이곳 홍화루의 주인이었기 때문이다.

그녀가 물었다.

"됐고, 지금 여기에 있는 나비가 누구야?"

주란의 아래에는 수많은 여인들이 있었는데 홍화루에선 그들을 가리켜 나비들이라 칭했다. 물론 그 나비들의 역할은 다양했다.

백접(白蝶)은 일반적인 기녀들이다.

사내들을 홀리고, 그들에게서 돈을 뺏어 낸다. 아편에 중독시켜 가진 결국 모든 재물을 자신들에게 넘기게 하는 이들.

물론 마찬가지로 아편에 중독당해 결국 목숨을 잃게 되는 존재이기도 했다.

무공을 모르는 백접과는 다르게 주란의 손발이 되어 움직이는 이들로는 혈접(血蝶)과 화접(花蝶), 그리고 풍접(風蝶)이 있었다.

각자 맡은 바는 조금씩 달랐지만, 결론적으로 꽤나 치명적인 무공을 익혔다는 점에서는 같았다.

개중에서 가장 강한 이들은 혈접, 그다음이 화접, 풍접 순이었다.

그리고 마지막으로 흑접(黑蝶).

그들은 무척이나 특별한 존재고, 그 숫자 또한 많지 않았다.

주란의 물음에 사내가 곧바로 답했다.

"화접들이 있습니다."

"……그래?"

그녀는 백아린을 제거하라는 명령을 받았고, 그 임무를 완벽하게 수행할 준비를 하는 중이었다.

그리고 그걸 위해 필요한 이들, 그것이 바로 이 나비들이었다.

주란이 별다른 말을 하지 않았음에도 불구하고 사내는 눈치 빠르게 상황을 파악했다.

그가 서둘러 물었다.

"몇 명이나 대기시켜 놓을까요?"

사내의 질문에 주란은 잠시 생각에 잠겼다.

백아린, 무공 등급 육(六) 급으로 분류된 자.

사실 실력 좋은 화접 서너 명이면 처리하고도 남을 일이라 보였지만, 그녀는 보다 확실하게 일을 마무리하고자 했다.

혹시 모를 만약의 사태로 인해 자신의 계획이 틀어지는 건 용납할 수 없었으니까.

잠시 고민하던 주란은 결국 결정을 내렸다.

그녀가 말했다.

"서른 명이 필요해."

"알겠습니다, 루주님. 곧바로 인원을 뽑아서 올리지요. 그런데 언제쯤 움직일 생각이십니까?"

물어 오는 수하의 질문에 주란이 새하얀 손가락으로 자신의 턱을 어루만지며 잔인한 미소를 지어 보였다.

그녀의 새빨간 입술이 움직였다.

"지금 당장."

* * *

총회가 끝난 직후 백아린과 한천은 곧바로 천룡성의 비밀 거점이 있는 성도로 움직였다.

그리 멀지 않은 곳이었기에 새벽 무렵까지 쉬지 않고 달리자 목적지에 도착할 수 있었다.

닫혀 있는 거점의 문을 열고 들어서던 두 사람의 앞에 단엽이 모습을 드러냈다.

그는 막 무공 훈련을 끝마쳤는지 한껏 땀을 흘린 상태였다.

단엽이 두 사람을 보며 입을 열었다.

"늦게도 오네. 대체 여태까지 뭐 하고 싸돌아다니다 온 거야?"

"아직도 안 자고 뭐 합니까?"

한천이 눈을 동그랗게 뜨며 묻자 단엽이 고개를 절레절레 저으며 대답했다.

"안 자긴. 이미 자고 일어나서 주인하고 땀 한 바가지 실컷 흘린 거구만."

"에엑? 이렇게 이른 시간에요?"

"이 시간까지 자는 건 우리 중에 한천 너밖에 없다고."

"그건 동의."

단엽의 말에 백아린이 고개를 끄덕이며 끼어들었다.

그러고는 이내 주변을 두리번거리던 백아린의 시선에 막 방에서 걸어 나오는 천무진이 들어왔다.

그 또한 두 사람을 발견하고는 곧장 그쪽으로 걸음을 옮겼다.

거리를 좁힌 천무진이 입을 열었다.

"다녀온다는 일은 잘 마무리된 거야?"

"그럼요. 별일 아니었거든요."

"적화신루 총회가 별일이 아닌데 열리지는 않았을 것 같은데?"

"뭐……."

틀린 말은 아니었기에 백아린은 슬쩍 웃음만 흘렸다. 이번 임시 총회가 벌어진 이유에 대해 아직까지 천무진에게 말하지 않았던 그녀다.

허나 감출 이유도 없었기에 백아린이 입을 열었다.

"사실 얼마 전에 개방 방주님이 저희 루주님을 만나 뵙고 싶다고 요청했거든요. 그 일로 잠시들 모였어요."

"그날이로군. 어쩐지 당신한테만 할 이야기가 있다더니……."

천무진은 무림맹에서 개방 방주 장량이 따로 백아린과 대화를 나누고 싶다며 자리를 가졌던 일을 기억해 냈다.

당시에 적화신루의 인물인 백아린과 따로 이야기를 나누고 싶어 하기에 이상하다 생각했거늘, 바로 이 같은 부탁을 하기 위해서였던 모양이다.

천무진이 물었다.

"그래서 어떻게 하기로 했는데? 아, 혹시 비밀이면 말 안 해도 상관없고."

편한 대로 하라는 천무진의 말에도 백아린은 솔직히 답했다.

"루주님께서 개방 방주님의 요청을 수락하셨어요. 조만간 자리가 마련되지 않을까 싶어요."

"그래?"

천무진이 그러냐는 듯 담담하게 대답을 할 때였다.

그를 가만히 바라보던 백아린이 기습적인 질문을 던졌다.

"……당신은 적화신루의 루주님을 만나 보고 싶지 않으세요?"

백아린의 생각지도 못한 질문에 한천이 움찔했다.

그녀의 정체를 아는 그로서는 이런 질문이 당황스러울 수밖에 없었다.

대체 무슨 생각으로 저런 질문을 던진 것일까?

천무진이 만약에라도 적화신루의 루주를 만나고 싶어 한다면 그는 상당히 골치 아픈 일이 벌어질 수도 있는 상대였기 때문이다.

허나 그런 한천의 걱정은 곧 사라졌다.

천무진이 생각할 필요도 없다는 듯 곧바로 답을 했기 때문이다.

그가 말했다.

"그다지."

너무도 빠르게 돌아온 답변에 의외라는 듯 백아린이 물었다.

"왜요? 당연히 만나 보고 싶어 하실 줄 알았는데……."

"지금은 굳이 그럴 필요성을 못 느껴서."

백아린의 능력에 만족하고 있었기에 천무진은 적화신루 루주를 만나야 할 필요성을 느끼지 않았다. 그녀가 모든 걸 알아서 해 주고 있었기에, 굳이 적화신루의 루주를 만나 뭘

가를 더 얻어 낼 필요가 없었으니까.

만나고 싶은 생각도, 그렇다고 딱히 궁금한 것도 없다. 단 하나만을 제한다면 말이다.

천무진은 저번 생에서 알게 된 사실을 상기하며 입을 열었다.

"딱 하나 궁금하네. 얼마나 대단한 무공을 지녔는지. 알려진 것에 비해 엄청난 실력자일 것 같아서 말이야."

마치 엄청난 무공을 지녔다는 말을 듣기라도 한 것 같은 천무진의 말투에 백아린이 이상하다는 듯 물었다.

"왜 그렇게 생각하는데요? 저희 루주님에 대해서는 전혀 알려지지 않았을 텐데요. 무공 수준이 어느 정도신지 저희들도 모르거든요."

전혀 알려지지 않은 루주에 대한 정보들.

그러니 천무진은 딱히 대답할 수가 없었다.

저번 삶에서 적화신루의 루주가 무림을 통틀어 다섯 손가락 안에 드는 고수를 제압하고, 곧바로 사파 제일의 정보 단체인 귀문곡이 운영하는 귀살이라는 살수 집단을 단신으로 쓸어버렸다는 걸 설명할 방도가 없었으니까.

그랬기에 그는 대충 얼버무릴 수밖에 없었다.

"……그냥 느낌이 그래."

"흐음."

백아린이 수상하다는 표정을 지어 보였지만 그뿐이었다. 그냥 느낌이 그렇다는데 뭘 더 캐묻기에도 애매했다.

적화신루의 루주에 대한 대화가 끊기자 천무진이 이내 두 사람을 향해 물었다.

"밥은?"

"아, 그러고 보니 정신이 없어서 한 끼도 못 챙겨 먹었네요."

백아린의 말에 그제야 한천 또한 생각났다는 듯 배를 움켜쥔 채로 고통스러운 표정을 지어 보였다.

그러고는 엄살 가득한 목소리로 말했다.

"아이고, 등가죽이 배에 다 들러붙겠네."

죽는시늉을 하는 한천을 뒤로한 채로 천무진이 입을 열었다.

"뭐 하느라 밥도 못 먹고 다녀."

"워낙 바쁘다 보니 밥 먹는 것도 깜빡했네요."

뭔가에 열중하면 자주 식사를 거르는 그녀였다. 그걸 아는 천무진이기에 밥은 먹었냐고 물었던 것이고, 이내 예상과 다르지 않은 대답에 식당 쪽을 가리키며 말했다.

"그럴 줄 알았어. 미리 음식 준비해 놓으라고 했으니까 가서 밥부터 먹지. 식긴 했지만 그래도 먹을 만은 할 거야."

생각지도 못한 배려에 백아린이 놀란 듯 눈을 치켜떴고, 뒤편에 있던 한천이 엄지를 들어 올리며 말했다.

"역시 천룡성의 무인은 뭐가 달라도 다르다니까요 하하."

"언제는 천룡성 무인이 왜 그렇게 쪼잔하냐고 나한테 그러더니만."

옆에서 이야기를 듣고 있던 단엽이 툭 하니 말을 던졌고, 한천이 당황한 듯 손사래를 치며 말을 받았다.

"아니 내가 언제 그랬다고 그럽니까? 말은 바로 해야지 우리 대장하고 짝짜꿍이 되어 가지고 술도 못 마시게 하고 그래서 조금 섭섭하다 뭐 이런 이야기 좀 한 거 가지고 그리 말을 확대 해석해서야 원."

"정확하게 한 말 다 기억하는데 여기서 말해 줄까? 천무진 그 사람은 맨날 눈에 잔뜩 힘만 주고……."

"아아앗!"

황급히 손으로 입을 막으려는 한천과 그런 그의 손을 피해 움직이는 단엽의 모습을 보며 백아린은 실소를 흘렸다.

웃기게도 적화신루의 총회에 있을 때보다 만난 지 얼마 되지 않은 이들과 함께 있는 지금이 더 편하다는 생각이 들었다.

적어도 이들은 꿍꿍이를 가지고 뒤에서 뭔가 계획을 꾸며 대지는 않을 테니까.

하나같이 앞과 뒤가 다르지 않은 이들.

밥은 먹었냐고 서로에게 묻고, 저런 가벼운 장난을 치기도 하는 사이.

언제나 치열한 삶을 살아와야 했던 백아린이었기에 이 자리가 좋았다.

이토록 젊은 나이에 적화신루 루주의 자리에 오르기까지.

그녀 또한 수많은 일을 겪어 왔다.

잠시 가만히 웃고만 있던 백아린이 이내 천무진을 향해 입을 열었다.

"식사를 하는 건 좋은데…… 조금 있다가 해야 할 것 같아요. 당장은 해야 할 일이 있어서요."

말과 함께 백아린은 품에 넣어 두었던 서찰을 꺼내어 가볍게 흔들었다.

개방 방주에게 전해야 할 서찰이었다.

그녀가 말했다.

"미리 개방 쪽에 연락을 넣어 놨거든요. 이 각가량 후가 만나기로 한 약속 시간이라서요."

"오래 걸리는 건가?"

"아뇨, 서찰만 전해 주면 되니까 금방 끝날 거예요. 반 시진도 안 걸릴걸요."

"그럼 다녀와. 식사는 그 이후에 하면 되니까."

"그래도 되겠어요?"

"오래만 안 걸리면. 미리 말하지만 늦으면 아마 아무것도 안 남아 있을 거야."

"걱정 말아요. 다 먹기 전에 휙 하고 다녀올 테니까."

말을 마친 그녀가 곧바로 거처를 나서려고 할 때였다. 한천이 물었다.

"저도 따라갑니까?"

물어 오는 질문.

그녀가 대답했다.

"됐으니까 부총관은 밥이나 먹고 있으셔."

* * *

성도의 한편에 위치하고 있는 다리 아래는 거지들의 거처였다.

마을과는 다소 떨어져 있는 조용한 곳으로 그곳에는 이십여 명에 달하는 거지들이 지내고 있었다.

평범해 보이는 거지 패.

하지만 이곳의 왕초 담구(譚九)는 개방의 방도였다.

사십 대 중반의 다소 후덕한 인상을 한 사내로 무공은 그리 빼어나지 않았다.

아직 해가 뜨기까지 한참은 남은 새벽. 당연히 그는 깊은 잠에 빠져 있었다.

드르렁.

코를 골면서까지 숙면에 빠져 있던 담구는 누군가의 손길에 화들짝 놀라며 자리에서 일어났다.

반쯤 잠이 덜 깬 얼굴로 자신을 깨운 상대를 확인한 담구가 확 표정을 구겼다.

열다섯 살 정도 되어 보이는 소년으로 이곳 패거리의 막내였다. 담구가 불만스레 소리쳤다.

"이놈아! 왜 벌써 깨우고 지랄이야. 해가 중천에 떠 줬을 때야 일어나는 게 거지들의 기본 소양인 거 모르냐?"

버럭 소리를 내지르는 담구의 모습에 소년이 기가 막힌다는 얼굴로 입을 열었다.

"왕초가 깨워 달라고 했잖아요. 그래서 잠도 못 자고 기다렸다가 깨워 준 건데 왜 그럽니까."

"내가 이런 시간에 왜 깨워 달라고……."

말도 안 되는 소리 하지 말라며 소리를 내지르려던 담구가 뭔가를 떠올렸는지 슬그머니 입을 닫았다. 그러고는 자신을 향한 거지 소년의 시선에 어색한 듯 헛기침을 토해 댔다.

"흠흠, 내가 그랬지 참."

며칠은 감지 않아 새 둥지처럼 엉망인 머리를 벅벅 긁으며 담구가 자리에서 일어났다.

슬그머니 나가려는 그때까지 소년이 자신을 계속 바라보고 있자 담구는 괜히 소리쳤다.

"잠결에 헛갈릴 수도 있지! 어서 잠이나 쳐 자!"

버럭 소리를 내지른 담구는 재빨리 자신의 자리를 빠져나왔다. 그는 아직도 잠이 덜 깼는지 길게 하품을 하며 중얼거렸다.

"망할, 왜 이런 시간에 보자고 해서 사람 힘들게 하고 난리야."

배를 벅벅 긁으며 투덜거리던 담구는 그리 멀지 않은 약속 장소를 향해 걸음을 옮겼다.

한참은 자고 있어야 할 시간에 그가 이렇게 움직이고 있는 건 급히 온 하나의 연락 때문이었다.

개방 방주 장량에게 서찰을 건네야 했고, 그 연결책의 역할을 맡은 것이 바로 이 담구였다. 그랬기에 이런 이른 시간에 억지로 잠에서 깨어 움직여야만 하는 신세가 된 것이다.

그렇게 약 반 각가량을 갔을 무렵 점점 목적지가 눈에 들어왔고, 그곳에는 먼저 와서 기다리고 있는 한 명의 여인이 자리하고 있었다.

백아린이었다.

투덜거리며 이곳까지 왔던 담구는 상대를 보자마자 절로 잠이 확 달아나 버렸다.

'소문은 익히 들었지만…… 저 정도일 줄은 몰랐는데.'

무림맹에서 정체를 드러낸 이후부터 백아린에 대한 소문이 어느 정도 퍼지고 있었는데, 그중에 가장 화젯거리는 역시나 그녀의 아름다운 외모였다.

보고도 믿기 어려울 정도의 미모라는 말은 들었지만, 실제로 보니 상상 그 이상이었다.

담구는 헛기침을 하며 조심스레 다가갔다.

거리를 좁힌 그가 떨리는 목소리로 입을 열었다.

"흠흠, 적화신루 사총관이시오?"

"네, 생각보다 좀 늦으셨네요."

"아, 그것이 좀 바쁜 일이……."

"여기요."

백아린이 품에 지니고 있던 서찰을 꺼내어 내밀었다. 담구가 얼결에 서찰을 받아 들자 그녀가 말을 이었다.

"루주님께서 방주님께 보내시는 서찰이에요. 곧바로 전

해 주세요. 그리고 조만간 약속 잡고 서로 조율하면 될 것 같다고도 말씀드리고요.”

“알겠소, 그리하겠소이다.”

“혹시 시간이 좀 걸리나요?”

장량은 현재 평소처럼 모습을 감췄고, 그와 연락을 취하기 위해서 개방을 통해 서찰을 보내는 상황이었다.

백아린의 질문에 담구가 잠시 생각하다가 이내 짧게 고개를 저었다.

“당장엔 나도 알 수가 없소이다. 그렇지만 아마도 사천에 계시긴 할 터이니 곧 연락을 드릴 수 있을 것이오.”

“알겠어요. 그러면 연락 기다리죠.”

말을 마친 백아린은 곧장 몸을 돌렸다.

어차피 오늘 이곳에서 그녀가 할 일은 서찰을 전하는 것이 전부이기도 했고, 거처에서 나머지 일행들이 같이 식사를 하기 위해 자신을 기다리고 있다는 걸 알기 때문이었다.

대화가 끝나기 무섭게 성큼 걸어가는 백아린의 뒷모습을 바라보던 담구가 아쉽다는 듯 막 몸을 돌렸을 때였다.

“……어?”

시야에 순간 비치고 사라진 무언가.

그것은 바로…… 비수였다.

그리고 그걸 깨닫는 순간 담구는 직감했다.

자신의 목숨이 곧 사라질 것이라는 걸. 그리고 날아든 비수가 정확하게 그의 명치에 닿는 그 순간 담구는 눈을 질끈 감았다.

피하기에는 너무 늦었고, 설령 미리 알았다 해도 피할 수 없을 정도로 빨랐다.

그런데…….

'……어라?'

분명 찢어질 것 같은 고통이 밀려들어야 했거늘 이상하게 아무런 느낌도 없었다. 그가 슬그머니 감았던 눈을 떴을 때였다.

비수가 날아들었던 명치.

그곳에는 여전히 비수가 자리하고 있었다.

다만 문제는 그 비수가 멈추어져 있다는 것이었다. 그리고 그 비수의 손잡이 부분을 누군가가 검지와 중지 사이에 끼워 넣은 채로 강하게 움켜쥐고 있었다.

놀란 담구가 고개를 들어 그 손가락의 주인을 확인했다. 날아드는 비수를 잡아채 자신의 목숨을 구해 준 이는 바로 백아린이었다.

자신의 갈 길을 가기 위해 움직이던 그녀가 날아드는 비수의 움직임을 빠르게 눈치채고 곧바로 죽을 뻔한 담구의 목숨을 구해 낸 것이다.

놀란 그가 더듬거리며 말했다.

"고, 고맙소."

"인사는 됐고, 혹시 저 사람들 알아요?"

백아린의 질문에 그제야 담구는 고개를 치켜들어 비수가 날아온 방향을 확인했다.

그곳에는 아리따운 옷차림을 한 여인들이 자리하고 있었다.

옷자락을 펄럭이며 다가오는 그들은 하나같이 젊었고, 아름다웠다. 허나 그만큼 그녀들에게서는 무척이나 위험한 분위기가 흘러나오고 있었다.

쉽사리 보기 힘든 광경에 잠시 놀랐던 담구가 황급히 정신을 차리며 말했다.

"내가 저런 여인들을 어찌 알겠소."

"……모르는 사람들이라 이거군요."

"그, 그렇소이다."

"됐어요, 그럼. 잠깐 뒤로 물러나 있어요."

말과 함께 백아린은 손에 쥐고 있던 비수를 옆으로 툭 내던졌다.

정체 모를 여인들의 등장.

분명 그 여인들은 처음에 담구를 공격했다.

허나 백아린은 직감할 수 있었다. 저들의 표적이 담구가 아닌 자신이라는 것을. 담구를 죽이기 위해 움직이기에는 그 실력들이 너무도 뛰어났으니까.

앞으로 성큼 나선 그녀가 입을 열었다.

"아무래도 그쪽들 표적은 저인 거 같은데…… 맞죠?"

스르릉.

대답 대신 각자의 무기를 꺼내어 들며 거리를 좁혀 오는 여인들을 보며 백아린은 천천히 손을 어깨 위로 올렸다.

그녀의 손이 등 뒤에 자리하고 있는 대검의 손잡이에 닿았다.

손잡이를 움켜쥔 채로 백아린이 작게 중얼거렸다.

"아무래도 대답을 할 생각이 없는 거 같네."

다가오는 적들의 숫자는 얼추 십여 명.

허나 백아린의 걸음걸이에 망설임은 없었다. 그녀가 앞으로 발을 내디디며 말을 이었다.

"그렇다면야 뭐…… 박살을 내 주지."

말과 함께 내디딘 발이 강하게 땅을 밟았다. 동시에 그녀의 몸이 허공으로 치솟아 올랐다.

슈웃!

동시에 백아린의 대검이 맹렬하게 회전하며 움직였다.

허공으로 날아오른 그녀를 향해 정체불명의 여인들이 암기를 쏟아 냈다.

순식간에 수십여 개의 암기들이 백아린을 뒤덮었다.

위험천만해 보이는 공격.

그렇지만 백아린은 침착하게 대검을 휘두르며 날아드는 암기의 일부를 그대로 받아쳐 버렸다.

카앙!

옆으로 밀려 나가는 많은 수의 암기들, 그리고 어렵게 대검의 공간을 뚫고 안으로 들어가는 것들도 있었지만 그것 또한 백아린에게까지 닿지는 못했다.

대검을 쥐지 않은 반대편 손이 재빠르게 움직이고 있었으니까.

파라라락.

손바닥이 신묘한 변화를 보이며 그대로 암기를 받아쳤다. 그리고 그것들은 오히려 암기를 던진 대상들을 향해 고스란히 되돌아갔다.

푹푹.

이곳에 나타난 여인들 또한 만만한 상대는 아니었기에 그녀들은 그 공격을 가볍게 피해 내는 데 성공했다.

하지만 애초부터 백아린이 노렸던 건 방금 전 공격의 성공이 아니었다.

빠르게 떨어져 내리는 그녀의 몸.

착지와 동시에 백아린의 손에 들린 대검이 커다란 원을

그리며 주변을 휩쓸었다.

콰콰콰콰쾅!

우드드득.

비틀리는 소리와 함께 주변에 있던 여인들이 사방으로 밀려 나갔다. 동시에 피어오르기 시작한 흙먼지, 그 속에서 백아린의 대검이 절묘하게 한 명을 노리고 날아들었다.

파팡팡!

가까스로 검을 들어 막아 내긴 했지만, 아쉽게도 상대가 좋지 못했다.

무지막지한 대검이 단번에 검을 박살 내며 당사자의 머리통을 후려쳤다.

퍽!

그대로 날아가다시피 한 여인이 바닥에 처박혔다.

백아린은 가볍게 몸을 돌리며 곧바로 검기를 쏟아 냈다.

다가오려던 여인들이 재차 뒤로 물러났다.

순간적으로 잡은 승기, 백아린은 그걸 놓치지 않았다.

그녀의 대검이 미친 듯이 요동쳤다.

파파파팍!

땅이 갈라지며 사방에 있던 이들이 그녀의 공격을 막아 내기 급급해하며 균형을 잃었다. 그 순간 재차 펼쳐진 백아린의 공격이 빈틈을 파고들었다.

쐐엑!

펑!

한쪽에 위치하고 있던 두 명의 여인이 폭발에 휘말리며 나가떨어졌다.

허나 백아린의 대검은 자비가 없었다.

곧바로 주변으로 휘몰아치기 시작하는 공격에 여인들은 그것을 가까스로 막아 내기에 바빴다.

순식간에 거리를 벌린 여인들의 표정이 아까와는 확연히 달라져 있었다.

아무런 감정도 없어 보이던 눈빛은 어느샌가 긴장감으로 가득했다.

싸아아아.

대치하는 이들 사이에 흐르는 시원한 바람.

그리고 그 상태로 백아린이 입을 열었다.

"언제까지 숨어 있을 거지?"

뜻을 알 수 없는 그 한마디와 함께 그녀의 시선이 한쪽으로 향했다.

아무도 없고, 커다란 돌과 나무들만 빽빽하게 자리하고 있는 장소였다.

인기척조차 전혀 느껴지지 않는 그 공터를 바라보며 백아린이 재차 목소리에 힘을 줘서 말했다.

"거기 숨어 있는 스물한 명. 나오지 그만?"

허공에 대고 재차 말을 하는 그 순간이었다.

어둠 속에서 여인의 목소리가 흘러나왔다.

"……재미있네."

중얼거림과 함께한 여인이 모습을 드러냈다.

얇은 천으로 얼굴을 가리고 있는 그녀는 바로 주란이었다.

그리고 그녀의 뒤편으로 몸을 감추고 싸움에 개입하지 않고 있던 나머지 스무 명에 달하는 여인들 또한 나타났다.

백아린을 죽이기 위해 대동하고 온 화접들이었다.

사실 주란은 오늘 자신이 나설 생각이 전혀 없었다.

애초부터 화접 서너 명이면 충분히 정리될 거라 여겼던 상대지 않은가. 그럼에도 불구하고 이토록 많은 인원들을 투입했다.

실패를 용납하지 않기 때문이다.

그만큼 그녀는 완벽주의자였다.

그럼에도 불구하고 직접 나서게 되는 경우의 수는 정말이지 단 한 번도 머리에 그려 본 적조차 없었다.

그런데…… 고작 몇 번의 움직임만으로 그 같은 생각을 머리에서 지워 버린 그녀였다.

믿을 수 없는 움직임, 어디 그뿐이랴.

숨어 있는 자신들을 눈치챘다.

더 믿을 수 없는 건 백아린이 정확하게 스물한 명이라는 숫자를 내뱉었다는 거다.

그리고 그 스물한 명이라는 숫자 속에는…… 자신도 있었다.

'저런 자가 육 급이라고?'

간신히 절정의 반열에 든 정도로 분류되었던 인물이다. 그런데 그 정도 수준밖에 안 되는 자가 자신이 이끌고 온 화접들을 저리 쉽게 쓰러트린다는 건 불가능한 일이다.

화접 개개인의 실력을 등급으로 나누자면 오 급에서 육 급 수준이 되기 때문이다.

그렇다면…… 나올 수 있는 답은 하나였다.

자신들의 정보가 틀렸다.

백아린의 무공 수위는 육 급 정도가 아니었다.

그리고 상식적으로 지금 화접들을 밀어붙이는 실력을 보고 나올 수 있는 실질적인 진짜 등급.

최소 사 급.

그 말은 곧 무림을 대표하는 고수들이라 칭하는 우내이십일성의 반열에 들 만한 인물이라는 뜻이기도 했다.

'우내이십일성 수준이라고? 고작 이런 젊고 어린 여자애가?'

육 급과 사 급은 달라도 많이 달랐다.

육 급 정도 되는 자를 처리하는 건 간단했지만 사 급이라면 이야기가 완전히 다르다.

사 급부터는 쉽사리 건드리기 힘든 수준의 무인이라는 소리였으니까.

“하아.”

주란이 짧게 한숨을 내쉬었다.

그녀가 답답하다는 듯 속으로 중얼거렸다.

‘우리 쪽 정보 단체 놈들…… 다 모가지를 쳐 버리든 해야지.’

이런 말도 안 되는 정보를 준 그들에 대해 화가 치밀었지만, 지금으로선 그 뒤처리를 하는 것이 우선이었다.

그 귀찮은 일을 자신이 해야 한다는 것이 못내 못마땅했지만…….

‘사 급이라.’

얼굴 가리개 너머 그녀의 입꼬리가 비틀렸다.

분명 위험한 등급의 적, 하지만 주란은 크게 개의치 않았다.

……자신은 그 이상이었으니까.

4장. 나선칠선파
— 무슨 의미지

십천야.

뜻을 같이하는 열 명의 인물들을 일컫는 말이다. 십천야의 모두가 무공이 압도적으로 강력한 건 아니다. 개중엔 분명히 더욱 뛰어난 자가 있고, 반대로 무공보다는 특별한 부분에 있어 커다란 능력을 지닌 인물도 있다.

그리고 주란은 그 양쪽 모두에 해당하는 인물이었다.

눈치채기 어려울 정도로 미묘한 섭혼술을 기반으로 한 특유의 화술로 사람들의 마음을 헤집는 것에 능했고, 무공 또한 뛰어났다.

중원을 대표하는 우내이십일성.

그들 중 절반 이상을 뛰어넘는 실력자이기도 한 것이 그녀였다.

가리개로 가리고 있지만, 슬쩍 보이는 주란의 입가에 맺힌 미묘한 웃음을 확인한 백아린이 마찬가지로 피식거리며 입을 열었다.

"모두 벙어리인 줄 알았는데 그쪽은 다행히 입이 있는 모양이야. 누구한테 정체를 캐물어야 하나 고민했는데…… 당신이면 되겠어."

"자신감이 너무 과한 거 아닌가? 네가 날 이길 수 있다 생각해?"

"그럼 안 돼? 당신뿐만이 아니라 여기 있는 모두를 다 이길 생각인데."

백아린의 시선에 주란이 이끌고 온 스무 명이 넘는 화접들의 모습이 들어왔다. 하나같이 절정 이상의 실력을 지닌 꽤나 위협적인 상대들이거늘…….

주란은 기가 차다는 듯 답했다.

"겨우 내 수하들을 좀 쥐고 흔든 걸로 나까지 어떻게 할 수 있다 생각하는 거야? 날 이런 애들하고 같은 급으로 보면 좀 기분이 나쁜데 말이야."

그녀가 주변에 있는 화접들을 가리키며 말했다.

자신의 수하들이긴 하지만 동급으로 분류된다는 건 자존

심의 문제였다.

그런 주란을 향해 백아린이 대꾸했다.

"열 수 있는 입이 있다는 것 말고 뭐가 다른지 잘 모르겠는데?"

"……."

연달아 밀려오는 도발에 주란이 꿈틀했다.

묘하게 사람의 심기를 건드리는 재주가 있는 상대다. 거기다 저 곱상하다 못해, 저절로 탄성을 불러일으키는 외모까지.

사람을 홀리는 특기를 지닌 그녀로서도 저 외모는 절로 부러움을 일게 만들었다.

하나부터 열까지 맘에 들지 않았다.

주란이 입을 열었다.

"아무래도 안 되겠네, 편안하게 보내 주려 했는데 생각이 좀 바뀌었어. 이제 쉽게 죽을 생각은 버리는 게 좋을 거야. 제발 그만 죽여 달라고 손발이 없어질 정도로 싹싹 빌게 만들어 줄 테니까. 그 예쁜 얼굴 가죽을 벗길 거고, 온몸의 뼈란 뼈는 모조리 가루가 되게 만들 생각이거든. 그때 되면 알게 될 거야. 내게 함부로 입을 놀린 대가가…… 얼마나 큰지."

살기가 가득 담긴 경고.

그럼에도 불구하고 백아린은 가볍게 어깨를 으쓱하며 그 경고를 받아쳤다.

"그럼 나는 그게 어떤 고통인지 평생 모르겠네."

말을 마친 백아린이 대검을 고쳐 잡았다.

자세를 슬쩍 낮춘 채로 정면을 매섭게 응시하며 그녀가 자신감 가득한 목소리로 말을 이었다.

"난 지지 않을 테니까."

뿌드득.

가리개 속에 자리하고 있는 주란의 얼굴이 일그러졌다.

화가 치밀어 올랐다.

그리고 동시에 부숴 버리고 싶었다.

저 자신감 가득한 얼굴을.

용기 가득한 저 얼굴에 짙은 공포와 좌절이 잠식해 들어가는 그 모습을 보고야 말 것이다. 그러기 전까지는 이 치밀어 오르는 화가 쉽사리 풀릴 것 같지 않았다.

주란이 화접들을 향해 말했다.

"모두 비켜. 저 겁 없는 풋내기는 내가 손봐 줄 테니까."

"어라? 그래도 되겠어? 혼자선 안 될 텐데."

"……끝까지 까부네."

애써 침착하게 말하고 있었지만 주란의 목소리에서는 진한 살의가 묻어 나왔다.

잔뜩 화가 나 있는 주란과는 달리 한결 여유 있어 보이는 백아린의 모습은 누가 위험한 상황인지를 거꾸로 생각하게 만들 정도였다.

하지만 지금 백아린이 이리 행동하는 건 정말로 여유가 있어서만은 아니었다.

계속된 도발, 그건 모두가 작전이었던 것이다.

'좋아, 통했어.'

처음 보는 그 순간부터 쉽지 않은 상대임을 직감했다. 거기다가 꽤나 뛰어난 실력의 수하들까지 대동하고 있으니, 설령 자신이 이긴다 해도 피해를 감수해야만 했다.

상황이 그랬기에 백아린은 연달아 상대를 도발하며 속을 긁어 댔다.

자신이 입어야 할 손해를 조금이라도 더 줄이기 위해서였다.

원했던 건 상대방이 자신의 도발에 평정심을 잃는 것이었다. 그런데 생각보다 작전이 더 잘 먹혔는지, 상대는 수하들을 물리며 자신과 일대일로 대결을 원했다.

이건 기대했던 것보다 더욱 나은 결과였다.

최선의 결과를 만들어 낸 백아린은 한결 더 마음을 가라앉혔다.

당장에야 일대일의 대결 구도가 되었지만, 불리해지면

결국 저들 또한 개입하게 될 터.

그런 지금 할 수 있는 최선의 선택은 간단했다.

'그 전에 승부를 결정지을 정도로 타격을 입히면 돼.'

개입하기 전에 최소한 신체의 일부를 날려 버리거나, 힘을 발휘하기 힘들 정도의 내상을 입힌다.

그렇게 된다면 결국 이 싸움은 너무도 쉽게 자신의 승리로 결정될 테니까.

질 거라 생각하진 않았지만, 위험한 적들임은 분명한 지금 백아린은 보다 냉정해지려 애썼다.

누군지 모르는 적들.

하지만 이들이 천무진과 자신이 찾고 있는 그들이라는 것 정도는 이미 파악한 상황이다.

고작 적화신루의 사총관으로 알려진 자신을 죽이기 위해 이 정도의 실력자들을 움직일 만한 건, 그들밖에 없었으니까.

그랬기에 알 수 있었다.

'이젠 나까지 표적이 된 모양이네.'

단엽을 노렸던 적은 있지만, 자신에게 그들이 마수를 뻗친 건 이번이 처음이었다. 그만큼 자신이 위협적인 상대로 분류되었다는 소리일 게다.

그리고 그 말은 곧 그만큼 앞으로 움직임에 제약이 따를 수 있다는 말이기도 했는데…….

'고민은 나중에.'

지금은 고민을 하기보다는 먼저 해결해야 할 일이 있었다.

눈앞에 마주한 주란을 바라보는 백아린의 손에 들린 대검이 바닥을 긁으며 옆으로 움직였다.

그르르릉.

마치 맹수의 울음소리처럼 들려오는 낮은 마찰음.

그런 백아린을 향해 주란 또한 자신의 무기를 뽑아 들었다.

차앙!

뽑혀 나온 검이 섬뜩한 빛을 토해 냈다.

검 끝에 서슬 퍼런 검기가 스멀스멀 피어올랐다. 퍼져 나가기 시작한 그녀의 기운 때문일까?

주변에 있는 모든 것들이 고요해졌다.

작은 바람에 부대끼며 떨어 대던 나뭇잎의 소리도, 벌레들의 울음소리조차도.

그 모든 것이 주란에게서 뿜어져 나오는 투기에 잠식되어져 갔다.

우내이십일성 중상위권에 위치한 이들과 비슷한 수준의 무공을 지닌 그녀였기에 가능한 일이었다.

주변의 변화를 감지한 백아린이 일정한 거리 뒤편으로 비켜 있던 개방의 담구에게 짧게 말했다.

“더 뒤로 물러나 있어요. 잘못하면 죽어요.”

죽는다는 말에 담구가 식겁하며 백아린과 더욱 거리를 벌렸다. 마음 같아서야 당장이라도 이곳에서 빠져나가고 싶었지만 그걸 화접들이 두고 볼 리가 없었다.

괜한 자극을 줬다가는 그들의 표적이 될 걸 알았기에 담구는 적당한 거리에 위치한 돌 뒤에 몸을 감춘 채로 주변의 눈치를 보기에 바빴다.

‘으어, 이게 웬 마른하늘의 날벼락이냐.’

방금 전까지만 해도 편안한 잠자리에 있던 자신이 순식간에 생사가 오가는 이런 싸움터에 있다는 사실이 꿈처럼 느껴졌다.

누가 봐도 알 정도로 좋지 않은 상황.

지금 자신이 살 수 있는 유일한 방도는 앞을 막아서고 있는 저 여인, 백아린이 모두를 정리하는 것밖에는 없었다.

문제는…… 그게 가능할 것 같지 않다는 점이었지만.

자신의 기운을 아낌없이 뿜어내던 주란이 자신만만하게 입을 비튼 채로 말했다.

“시작해 볼까?”

“얼마든지.”

애초부터 쉽지 않은 상대라는 걸 염두에 두었던 상태였기에 이 정도 기운에 놀랄 이유는 없었다.

허나 그 모습에 주란은 불쾌함이 치밀어 올랐다.

자신의 투기를 정면으로 마주함에도 불구하고 전혀 주눅 들지 않았으니까.

'그 표정이 언제까지 유지될지 두고 보자고.'

저 당당한 모습을 당장에라도 부숴 버릴 것처럼 주란이 달려들었다.

탁!

그녀가 땅을 박차는 순간 두 사람 사이의 거리는 의미가 없어졌다. 그만큼 빠른 속도로 주란이 날아들었기 때문이다.

촤르르륵!

검이 마치 부채처럼 펴진다는 착각을 불러일으키게 만드는 움직임. 원을 그리며 날아드는 검이 수십 개의 잔영과 함께 밀려들었다.

백아린은 기다렸다는 듯 대검의 손잡이를 최대한 위로 움켜쥐고 휘둘렀다.

아주 간단해 보이는 변화.

하지만 그 움직임이 가지는 의미는 무척이나 컸다.

커다란 대검만큼 그 손잡이도 꽤나 긴 편인데, 어디를 잡느냐에 따라 간격이 달라질 수 있었다. 빠르게 거리를 좁혀 들어오며 펼쳐지는 공격을 막기 위해 백아린 또한 상황에 맞게 반격을 가한 것이다.

카카캉!

대검이 밀려드는 검의 잔영들을 산산조각 내며 곧바로 주란의 머리를 향해 움직였다.

스스슥, 파앙!

몸의 균형을 아래로 낮춘 채로 회전하던 주란은 곧바로 대검을 위로 쳐 냈고, 비어 있는 공간을 향해 빠르게 검을 비집어 넣었다.

동시에 검에서 검기가 빛살처럼 쏘아져 나갔다.

콰콰쾅!

허나 그 검기는 목표했던 백아린에게 닿을 수 없었다. 밀려나는 회전력을 이용해 빠르게 대검을 움직인 그녀가 곧바로 커다란 날로 날아드는 검기를 고스란히 받아 냈기 때문이다.

빠른 공격과 방어.

하지만 그것은 시작에 불과했다.

백아린의 대검이 휘몰아쳤다.

캉캉캉!

커다란 대검을 마치 가벼운 몽둥이처럼 휘둘러 대는 말도 안 될 정도의 공격에 주란은 순간적으로 밀려날 수밖에 없었다.

'뭐 이런 무식한 공격이 다 있어?'

팔목이 얼얼할 정도의 충격이 연달아 몰아친다.

문제는 그 공격들이 단순히 파괴적이기만 하지 않다는 거다. 커다란 무기를 휘두르는 만큼 당연히 한 번 공격을 가함에 따라 빈틈이 생겨나는 것은 자연스러운 일이다.

파괴력을 올린 만큼 당연히 있어야 하는 결과.

헌데 백아린은 달랐다.

공격 하나하나가 크고 강력했지만, 이상하게도 빈틈이 없다. 그것이 가능한 이유는 모든 공격에 무의미한 움직임이 없기 때문이다.

행동이 큰 공격을 펼치면서 덩달아 상대방 또한 균형을 잃게 만들거나, 거리를 잡지 못하게 하는 식의 운용.

커다란 움직임으로 인해 드러나는 공간이 있어도 그곳을 공격하려는 순간 이미 빈틈은 사라진 상태다.

하지만 주란 또한 속수무책으로 당하지만은 않았다.

우내이십일성의 고수들과 비견하는 실력자이니만큼 일방적으로 당할 리가 없었다.

스슥.

날아드는 대검을 아슬아슬하게 피해 낸 그녀가 빠르게 틈을 파고들었다. 검이 재빠르게 백아린의 어깨를 스쳐 지나갔다.

둘 사이의 거리가 순간적으로 벌어진 직후, 주란의 표정은 좋지 못했다.

'치잇, 피했어.'

베었다고 생각했다.

그런데 아슬아슬하게 백아린의 몸이 옆으로 움직이며 작은 상처마저 내지 못했다.

허나 상실감은 잠시였다.

주란은 곧바로 몸을 비틀며 뒤편에 위치한 백아린을 향해 검기를 쏘아 냈다.

검에 몰려든 수십여 개의 검기가 마치 폭우처럼 백아린을 향해 날아들었다.

쿠쿠쿵!

밀려드는 검기의 다발들을 보며 백아린은 뒤로 물러서기보다는 오히려 달려드는 걸 택했다.

대검을 방패 삼아 앞으로 들이밀며 백아린이 거리를 좁혀 갔다.

부웅!

순식간에 검기들을 옆으로 밀쳐 낸 백아린의 대검이 벼락처럼 밀려왔다.

바람을 가르며 날아드는 대검에서는 말로 형용하기 힘들 정도의 압력이 느껴졌다.

'힘 싸움으로 가면 내가 불리해.'

아까 전에 휘두르는 대검을 직접 받아 본 탓에 그 위력을 알고 있는 주란은 이번엔 가볍게 검날을 이용해 그 힘을 옆으로 흘렸다. 동시에 옆구리를 향해 손바닥을 막 움직이려던 찰나였다.

부웅!

귓가를 울리는 소리에 그녀는 공격을 하려던 손바닥을 황급히 멈추며 고개를 숙였다.

주란의 머리 위로 아슬아슬하게 백아린의 손바닥이 훑고 지나갔다.

머리카락이 곤두설 정도로 위력적인 일격.

잠시 놀라긴 했지만 빠르게 평정심을 되찾은 주란은 곧바로 비어 있는 백아린의 복부 쪽으로 검을 찔러 넣었다.

파앙!

그렇지만 이번에도 백아린은 대검으로 날아드는 검을 받아쳐 냈다.

검이 뒤편으로 밀려 나가며 덩달아 주란의 균형이 무너지는 그 찰나였다.

백아린의 눈동자가 번뜩였다.

동시에 주란이 있는 곳으로 대검이 날아들었다.

퍼엉!

그저 검이 땅에 틀어박혔을 뿐인데 놀랍게도 폭탄이 터

진 것 같은 굉음이 울려 퍼졌다. 동시에 그 주변 일 장가량이 아예 박살이 나며 흙과 돌이 사방으로 튀어 올랐다.

태산조차 박살 낼 것만 같은 박력이었지만 아쉽게도 이미 주란은 그곳에 없었다.

턱.

대검을 어깨에 걸치며 백아린이 슬쩍 뒤편을 바라봤다. 허공으로 날아올랐던 주란이 땅에 막 발을 내딛는 그때였다.

어깨에 대검을 올린 채로 백아린이 갑자기 팽이처럼 회전했다.

파라라라락!

공기마저 빨려 들어가는 압도적인 회전력과 더불어 그녀의 커다란 대검에 강렬한 힘이 몰려들고 있었다.

땅을 박살 내는 공격을 피해 내며 움찔했던 주란의 안색이 변하는 건 순식간이었다.

'이건……!'

몸체를 확인하기 힘들 정도의 빠른 회전, 덩달아 밀려오는 강인한 내공의 움직임까지. 채 무공이 완성되기도 전이었지만 주란은 직감했다.

지금 이 공격이 얼마나 위험한 것인지를.

막아야 했다.

주란은 재빠르게 자신의 검에 내력을 집중시켰다. 동시에 하늘을 찌를 듯이 커다란 강기가 검 주변을 에워싸기 시작했다.

부아아앙!

굉음과 함께 모습을 드러낸 검강이 키보다 훨씬 높게 치솟은 그때였다.

회전을 하던 백아린의 몸 주변에서 나선 형태를 띤 일곱 개의 고리가 모습을 드러냈다.

나선칠선파(螺旋七線波).

모든 걸 박살 내는 백아린의 무공 중 하나였다.

그러고는 이내 그 고리들이 폭발하듯 주란을 향해 밀려들었다.

주란은 이를 악물었다.

날아드는 일곱 개의 고리, 그걸 부수기 위해 그녀의 손에 들린 검이 움직였다.

콰앙!

강기들이 충돌하며 주변으로 바람들이 휘몰아쳤다. 그 충격의 여파 또한 사방으로 퍼져 나갔는데, 근처에서 이 싸움을 관망하고 있던 화접들조차 놀라 뒷걸음질 쳐야 할 정도였다.

싸움이 시작된 지 얼마 되지도 않아 일어난 파괴적인 격돌.

피어올랐던 자욱한 먼지가 천천히 가라앉기 시작한 그때 그 건너에서는 또 다른 싸움이 시작되고 있었다.

사라지는 흙먼지 너머에서 백아린의 커다란 대검이, 주란의 검과 맞닿은 채로 힘 싸움을 벌이고 있었으니까.

둘의 모습은 백중세.

주란은 나선칠선파를 보고 황급히 검강을 불러일으켜 힘 싸움을 벌였다.

그녀가 바라던 대로 주란은 검강으로 나선칠선파를 막아내는 것에 성공했고, 두 개의 힘 모두가 사라진 모양새는 마치 이번 격돌이 무승부라 여기게 만들었다.

하지만…… 아니었다.

이번 격돌에는 엄연히 승자와 패자가 존재했다.

그리고 그 승자가 누구인지는 백아린과 주란 모두가 이미 알고 있었다.

주르르륵.

주란의 입술 사이로 한 줄기의 피가 흘러내렸다.

뒤틀린 속을 참기 위해 안간힘을 썼지만 이렇게 힘 싸움을 벌이며 결국 입으로 피가 터져 나오고야 만 것이다.

일곱 개의 나선 형태의 검강들이 지닌 파괴력은 막아 내기 그리 단순치 않았다. 연달아 몰아치는 폭발에 간신히 버텨 내긴 했지만, 그 대가로 속이 뒤틀려 버렸다.

그만큼 백아린이 펼친 무공은 파괴적이었다.

'뭐야 이 무공은…….'

힘이 실린 대검이 내리누르는 것을 억지로 버티고 있는 주란으로서는 방금 본 그 무공을 떠올리며 참혹한 심정을 감추기 어려웠다.

강기는 막대한 내공이 소모되는 무공이다.

무인이라면 누구나 꿈꾸는 경지가 바로 강기의 구현이다. 그 말은 곧 그만큼 엄청난 힘을 요구한다는 말이기도 했다.

그런데 그런 강기를 순식간에 일곱 개나 만들어 냈다. 그렇다면 힘이 어느 정도 분산되는 것이 당연했거늘, 그 모든 걸 회전력과 나선 모양의 독특한 형태로 오히려 파괴력을 증가시켰다.

덕분에 검강으로 자신에게 날아드는 나선 모양의 강기들을 찢어 내는 것만으로도 몸에 상당한 무리가 가해진 상황이었다.

쉽사리 보기 힘든 상승무공.

그랬기에 더더욱 의아할 수밖에 없었다.

적화신루의 인물이 지닌 무공이라고는 믿을 수 없는 종류의 것이었으니까.

강기라고 해서 모두 같은 힘을 지닌 것은 아니다.

응집된 파괴력, 그리고 그 안에서 느껴지는 내공의 적절한 분배까지 모두 완벽했다.

이건 보통의 무공이 아니었다.

이 정체불명의 무공에 대해 고민에 잠겼던 주란이 속으로 되뇌었다.

'나선형의 강기? 일곱 개?'

두 개의 조건.

거기에 직접 느껴 본 그 파괴력까지.

모든 것이 하나가 되는 그 순간 머릿속을 번개처럼 스쳐 지나가는 하나의 이름.

그 이름을 떠올리는 순간 주란의 얼굴이 경악으로 물들었다.

여전히 서로 검을 맞댄 그 상황에서 주란이 믿기지 않는다는 듯 떨떠름한 표정으로 중얼거렸다.

"……검왕(劍王)?"

* * *

주란의 입에서 나온 검왕이라는 이름.

무림의 역사상 검왕이라는 칭호를 받은 이는 꽤나 많았다. 하지만 현 무림에서 그리 불릴 수 있는 인물이라면 오직 단 한 명뿐이었다.

검왕 한신(韓信).

우내이십일성 중 최고로 손꼽히는 둘 중 한 명이자, 천하 제일검이라 불리는 인물이다.

물론 지금은 모습을 감춘 지 꽤나 오랜 시간이 흘러 살아 있는지조차 정확히 알려지지 않았다.

그랬기에 많은 이들이 탄식했다.

천하제일검 한신의 무공이 이대로 사라진 것이 아니냐는 안타까움 때문이었다.

그런데…… 그 한신의 무공이 지금 눈앞에서 펼쳐졌다. 그것도 고작 적화신루의 사총관이라 알려진 여인에게서 말이다.

믿기지 않았는지 주란이 되물었다.

"너…… 검왕을 알아?"

병기를 맞댄 상황에서 백아린이 최대한 고개를 앞으로 들이밀며 입을 열었다.

"세상에 공짜는 없는데. 알고 싶으면 돈을 내든가. 물론 금액은 상당히 비쌀 거야."

말과 함께 백아린은 대검을 쥔 손에 더욱 힘을 불어넣었다. 가까스로 버티고 서 있던 주란의 몸이 조금 더 기울기 시작하더니 급기야는 결국 한쪽 무릎이 땅에 닿고야 말았다.

쿵.

마치 무릎을 꿇고 예를 갖춘 듯한 자세에 그녀의 얼굴이 붉어졌다.

'이게 무슨 수치야!'

잠시 넋을 놓고 있던 탓에 빠져나갈 기회를 놓쳐 버렸다. 그 때문에 주란은 상당히 불리한 위치에 놓이고야 만 것이다.

그녀가 스스로를 다독였다.

'정신 차려. 설령 지금 본 게 정말로 검왕의 무공이라고 해도, 이 계집이 검왕인 건 아니잖아?'

검왕 한신이라면 자신이 이길 수 있는 상대가 아니었지만, 지금 마주하고 있는 건 백아린이라는 여인이다.

십천야의 일인인 자신이 이토록 어린 여인에게 진다는 건 결코 있을 수 없는 일이다.

점점 자신을 무겁게 내리누르는 백아린의 힘을 느끼던 주란이 짧게 호흡을 내뱉었다.

"흡!"

동시에 검을 비스듬히 내려 대검의 균형을 옆으로 흘린 주란이 빠르게 옆으로 움직였다.

파라락.

낮게 낮춘 몸을 옆으로 이동시키며 순식간에 거리를 벌

리려 드는 움직임이었지만, 백아린은 놓치지 않고 다가오고 있었다.

번쩍!

쾅!

떨어져 내리는 대검을 보며 주란은 뒤로 몸을 회전시켰다. 아슬아슬하게 비껴 갔지만 그 충격파 때문인지 주란은 계산보다 더 멀리로 밀려나고야 말았다.

"치잇."

가까스로 자리를 잡은 그녀는 서둘러 얼굴을 가리고 있는 가리개를 확인했다.

점점 격해지는 싸움으로 인해 이 가리개조차 번거로울 지경이다.

마음 같아서는 당장이라도 이걸 벗어 던지고 싶었지만, 그 또한 그리 간단히 판단할 일은 아니었다. 혹시라도 자신의 얼굴이 외부에 알려지는 일은 피해야 움직이는 게 용이했기 때문이다.

그런 주란의 마음을 알아서일까?

백아린이 대검을 힘차게 위로 추켜올리며 입을 열었다.

"그 가리개 얼마 안 남은 거 같은데?"

"……시끄러워."

이를 앙다문 주란이 천천히 검을 옆으로 움직였다.

스스슥.

환영처럼 넓게 퍼지기 시작한 검의 잔영들이 요사스러운 분위기를 풍겨 댔다.

백아린이 파괴적인 무공을 자랑한다면 주란은 섬세하고 빠른 쾌검이 주요 장점이었다. 그랬기에 지금 같은 싸움 방식이 아닌, 빠르게 치고 빠지는 형식의 공격을 이어 가야 그녀에겐 더욱 유리할 수밖에 없다.

처음엔 상대를 쉽게 생각하고 싸웠지만, 이제는 아니다. 백아린의 진짜 실력을 조금씩 몸으로 느껴 버린 탓이다.

이제부터는 철저하게 자신의 방식으로 이 싸움을 풀어 나가야만 했다.

변화된 주란의 모습에 백아린 또한 침착하게 대검을 움켜잡았다.

'이 싸움 길게 끌어선 안 돼.'

사실 표현하지 않았을 뿐이지 백아린 또한 상대의 실력이 그리 녹록지 않다 느낀 상황이었다.

방금 전의 격돌에서 승자는 분명 자신이었다.

그건 알지만 그렇다고 해서 무조건적으로 만족할 수 있는 건 아니다.

왜냐하면 자신의 목표는 나선칠선파를 사용함으로써 이 싸움을 끝내는 것이었으니까.

허나 상대는 그 공격을 받아 냈다.

물론 그로 인해 내상을 입고 피를 쏟아 내기도 했지만, 결론적으로 그녀는 아직까지도 건재했다. 거기다 한층 더 신중하게 변한 표정은 이 싸움이 보다 복잡하게 변할 수도 있다는 사실을 말해 주는 것만 같았다.

시작부터 자신만만하게 승리를 자신하던 상대.

그리고 그만한 자부심을 내비칠 정도로 분명 실력이 있는 인물이기도 했다.

대체 이런 자들이 어디에 숨어 있다가 나타난 걸까?

만약 천무진의 의뢰가 아니었다면 백아린 또한 아직까지도 이런 이들이 무림 어딘가에 숨어 있다는 사실을 알지 못하고 살았을 게다.

그리고 이처럼 큰 힘을 가진 이들이 고아들에게 그처럼 끔찍한 실험을 자행하고 있었다는 사실도.

그랬기에 더욱 화가 났다.

이런 큰 힘을 지니고 있으면서 고작 하는 짓이 아무런 것도 없는 고아들을 죽음으로 내모는 짓이라니…….

백아린은 정보 단체란 그저 정보를 팔아 돈을 버는 집단이라고 여기지 않았다.

사방에서 모이는 모든 정보를 하나로 조합하여 벌어질 수 있는 사건을 미리 알아내는 것은 정보 단체만이 가능한 일이다. 그리고 최악의 사건이 벌어지는 걸 미연에 방지할 수 있도록 도움을 주는 것.

그 또한 정보 단체가 나아가야 할 방향이라 여겼다.

그랬기에 백아린은 확실한 결단을 내린 상황이었다.

'너희들은 내가 막아.'

천무진을 도와 끝까지 이들의 계획을 막아 내는 것.

그것이 지금의 무림을 살아가는 한 명의 무인이자, 정보 단체인 적화신루의 수장인 자신이 가야 할 길이라 여겼다.

그녀의 확고한 의지만큼 강렬한 빛이 대검으로 밀려오고 있었다.

쿠쿠쿠쿠!

검의 진동에 대기가 미칠 듯이 요동친다.

더욱 힘을 모을 시간을 주면 안 된다 여긴 주란이 날아들었다.

그녀의 모습이 백아린의 눈에 들어왔다.

'어딜!'

그녀의 빠른 검이 밀려들어 왔다.

츠츠측.

수십 개의 변화무쌍한 검로가 파도처럼 꼬리에 꼬리를 물고 날아들었다.

거대한 대검을 든 백아린은 최소한의 움직임만으로 그

공격을 옆으로 쳐 내며 빠르게 손바닥을 휘둘렀다.

파앙!

장력이 날아드는 순간 주란은 허공으로 몸을 날리며 그 공격을 비껴 냈다.

동시에 그녀의 발이 백아린의 머리를 향해 휘둘러졌다.

유성탈각이라 불리는 각법으로 꽤나 파괴력이 있는 무공이었다. 백아린은 황급히 대검을 들어 올려 쏟아지는 각법을 받아 냈다.

파파팡!

백아린의 몸이 뒤로 주욱 밀려 나갔고, 곧바로 주란이 다시금 모습을 드러냈다.

스슥!

낮게 밀려 들어간 주란의 검 끝에 느껴진 미묘한 감각. 그녀의 눈동자가 꿈틀했다.

'닿았다!'

백아린을 향해 휘두른 자신의 검 끝에 처음으로 감각이 느껴진 것이다. 그리고 주란의 예상대로 그녀의 검이 백아린의 옆구리를 가볍게 스치고 지나갔다.

허나 주란은 알지 못했다.

자신이 겨우 이 정도로 미묘할 정도의 경미한 상처를 내고 좋아하고 있다는 사실을.

그 말은 곧 그만큼 백아린의 능력이 상상 이상이었다는 걸 의미하기도 했다.

그리고 결정적으로 좋아하기엔 아직 일렀다.

바닥을 긁으면서 치솟아 오르는 대검에서 힘이 쏟아져 나오고 있었으니까.

크크크콩!

바닥 안에 박혀 있던 커다란 돌멩이가 뽑혀져 나오며 주란에게 날아들었다. 놀란 그녀가 서둘러 몸을 낮추며 그 공격을 피해 내는 그 순간 백아린의 몸이 날아들고 있었다.

쩌엉!

대검을 막아 낸 주란의 몸이 뒤로 사정없이 밀려 나갔다.

손이 떨어져 나갈 것 같은 고통에 그녀는 절로 이를 악물었다.

가까스로 균형을 잡는 데 성공한 주란은 멀리에 서 있는 백아린을 바라보며 질린다는 표정을 지어 보였다.

'대체 뭘 먹고 다니면 이렇게 무식하게 힘이 센 거야?'

저런 체구에서 나온다는 게 믿기지 않을 정도의 힘.

순간 자신이 베고 지나간 백아린의 옆구리 부분이 눈에 들어왔다.

살짝 찢겨진 옷에는 피조차 묻어 있지 않았다.

그에 비해 자신은…….

기겁한 채로 팔목을 움켜쥐고 있던 자신의 모습에 화가 났는지 주란은 살의를 쏟아 냈다.

주변을 에워싸고 있는 수하들의 시선이 피부에 와 닿는다.

아무런 말도 하지 않고, 무표정한 모습들이었지만 그 안에 과연 어떠한 생각들이 있을까를 생각하자 화는 더욱 깊어졌다.

'저 망할 년!'

죽인다.

지금까지와는 다른 공격으로 이 싸움의 분위기를 바꾸고, 어떻게든 자신이 더욱 압도적이라는 사실을 모두에게 보여 줘야만 했다.

자신이 모시는 어르신에게도 호언장담하지 않았던가.

백아린 정도 죽이는 건 식은 죽 먹기나 다름없다고.

그래 놓고 이런 꼴사나운 모습을 보인다는 건 주란으로서는 결코 참을 수 없는 일이었다.

살기 가득한 눈동자로 주란이 무엇인가 결단을 내렸다.

그녀가 슬그머니 검의 손잡이를 꾸욱 움켜쥐었다.

그러고는 이내 주란에게서 내력이 폭발하듯 쏟아져 나왔다.

쫘아아아!

동시에 주란이 허공으로 치솟아 오르며 화려한 검기에 휩싸인 검과 함께 매섭게 아래로 치고 들어왔다.

순식간에 좁혀 오는 거리, 그렇지만 움직임이 단조로웠기에 반응하는 건 그리 어렵지 않았다.

백아린의 대검이 번개처럼 날아드는 주란의 몸을 반으로 갈랐다.

하지만 검 끝에는 아무런 감촉도 없었고, 표적이었던 주란은 어느새 지척까지 다가와 있었다.

타다다닥.

빠르게 보법을 밟으며 신묘한 모습을 보여 주는 주란의 움직임에서 이상한 변화가 감지됐다.

꿈틀.

왼쪽으로 치고 들어오는 공격, 그렇지만 백아린의 감각이 소리쳤다.

이건 속임수라고.

그랬기에 그녀는 다소 과감한 결단을 내렸다. 날아드는 검의 방향이 아닌 반대쪽으로 대검을 움직인 것이다. 동시에 수십 개의 잔영들이 사방에서 요동치며 백아린에게 밀려들었다.

츄르르륵!

눈을 현혹시킬 정도의 화려한 검무.

거기에 직접적으로 느껴지는 기의 흐름까지.

당장에 다시금 왼편으로 무기를 옮겨도 이상하지 않을 그런 찰나에도 백아린은 꿈쩍하지 않았다. 그러고는 오히려 전혀 이상이 없어 보이는 오른쪽을 대검으로 지킨 채로 왼쪽에 날아드는 공격에는 손을 내뻗었다.

생각지도 못한 행동에 주란의 눈꺼풀이 꿈틀했다.

수십 개로 변한 검의 잔영들 사이로 손을 집어넣는 백아린의 행동은 흡사 죽고 싶어 안달이 난 것이 아닌가 하는 생각을 불러일으키게 만들었다.

당장이라도 쏟아지는 검의 폭풍 속에서 백아린의 손은 찢겨져 나갈 것만 같았다.

그렇지만…….

팍!

수십 개의 환영들 속에서 백아린이 정확하게 뭔가를 움켜잡았다. 동시에 검날을 움켜쥔 그녀의 손바닥에서는 거칠게 피가 터져 나왔다.

막으면 될 공격을 굳이 왜 이런 식으로 받아 냈는지 의문이 들 법도 한 그 찰나, 반대편을 막고 있는 대검 쪽으로 뭔가가 연달아 밀려들었다.

차차차창!

하지만 아쉽게도 그것들은 대검에 막혀 그대로 힘을 잃

고 튕겨져 나가야만 했다.

그리고 바닥에 떨어진 그것들의 정체는 실보다 얇은 수십 개의 비침들이었다.

처음부터 화려한 움직임이나, 쏟아지는 검기들은 모두 눈속임이었다. 진짜로 노리던 건 바로 검과는 반대편으로 날아든 이 비침들, 이것이었다.

그리고 이 비침은 주란의 검 손잡이에 감춰져 있던 암기였다.

그녀가 허공으로 치솟았을 그때부터 시작된 일련의 움직임. 화려함으로 감추려 했지만, 그 움직임을 백아린이 알아차리고 당하지 않은 것이다.

기의 흐름 속에 숨겨 두어서 파악하기 힘든 암기들.

그걸 정확하게 막아 낸 백아린의 선택은 정말이지 완벽에 가까웠다.

그리고 그런 치명적인 일격이 막혀 버린 지금, 주란은 그것에 대한 대가 또한 치러야 했다.

피투성이가 된 손으로 아직까지도 검을 움켜쥐고 있던 백아린의 입이 움직였다.

"암기는 말이야, 이렇게 쓰는 거야."

말과 함께 검을 움켜쥐고 있던 백아린의 왼손이 꿈틀했다.

그리고 그 순간 주란의 눈동자가 흔들렸다. 백아린의 손을 장식하고 있던 붉은 장신구, 그곳에서 무엇인가가 쏟아져 나왔다.

얇은 은빛 실.

그렇지만 이것은 그냥 평범한 실이 아니었다.

주란은 황급히 몸을 틀며 날아드는 실을 피했다. 허나 워낙 거리가 가까웠던 탓에 그 모든 걸 피하는 건 불가능했는지 세 개에 달하는 얇은 실이 그녀의 몸에 기다란 상처를 남기고 사라졌다.

백아린의 숨겨진 또 하나의 병기.

귀린사(鬼燐絲)였다.

평소 장신구를 즐기지 않는 그녀가 항상 몸에 두르고 다니는 붉은 천으로 만들어진 것처럼 보이는 팔찌.

그것은 단순한 장신구가 아닌 수십여 가닥의 얇은 실이 감춰져 있는 치명적인 무기였다.

귀린사의 실에 공격을 당해 주춤했던 주란이었지만, 그녀는 채 밀려드는 고통을 느낄 여유조차 없었다.

이미 머리 위로 다음 공격이 이어지고 있었으니까.

부웅!

떨어져 내리는 대검의 움직임을 확인하는 순간 주란은 온몸의 털이 곤두섰다.

내공이 실린 일격. 주란은 백아린에게 잡혀 있는 검을 놓으며 다급히 양손에 내력을 담아 위로 움직였다.

재빠른 선택 덕분에 다행히도 대검을 받아 낼 수 있었다. 그 덕분에 신체의 일부가 날아가는 최악의 상황은 막을 수 있었지만, 그 충격파에서 벗어날 수는 없었다.

쾅!

폭발하듯 터져 나가는 공간 안에 자리하고 있던 주란의 몸이 휠휠 날아가 바닥에 곤두박질쳤다.

데굴데굴 몇 바퀴나 굴렀던 그녀가 서둘러 가슴을 움켜쥔 채로 몸을 일으켜 세웠다.

파앙!

그녀는 이미 죽어 버린 화접 중 한 명이 떨어트린 검을 재빠르게 주워 들어 앞을 겨눴다. 혹여라도 백아린이 다시금 달려들 것을 방비하기 위해서였다.

허나 백아린은 공격을 펼쳤던 그 자리에 서서 그녀를 바라보고만 있을 뿐이었다.

주란의 입에서 거친 숨과 함께 피가 터져 나왔다.

"쿨럭."

순간 피를 토하던 그녀의 얼굴에서 가리개가 흘러내리려 했다. 놀란 주란이 황급히 손을 들어 올려 가리개를 움켜쥐었다.

격한 싸움과 연달아 토해 낸 피 때문에 가리개가 원래의 기능을 상실해 버린 모양이다.

'이런 망할…….'

어깨와 팔뚝. 그리고 배까지.

세 곳을 베였고, 이번 폭발에 휘말리며 내상뿐만이 아니라 신체 곳곳에 타격을 입었다.

가뜩이나 좋지 않은 상황에서 이렇게 가리개까지 흘러내리려 하니 손 하나가 덩달아 묶여 버렸다.

직접 겪고 있는 상황임에도 불구하고 주란은 지금 이 모든 걸 믿을 수가 없었다.

방금 전까지만 해도 어떻게든 혼자서 백아린을 죽이려 했다.

하지만 이제는 아니다.

많은 수를 동원해서라도 그녀를 죽이는 것으로 목표가 변해 있었다.

다만 문제는…….

'저 녀석들 정도로는 무리야.'

자신이 대동한 화접들만으론 백아린을 이길 수 없다는 생각이 들었다. 그나마 자신의 상태가 멀쩡했다면 모를까 지금 이 상태로는…….

이 모든 것은 자신 있게 펼쳤던 필살의 일격이 어그러지며 시작됐다.

아직까지도 이해가 가지 않는지 주란이 숨을 헐떡이며 입을 열었다.

"어떻게 내 공격을 읽어 낸 거지?"

자신의 검에 숨겨진 특수 제작된 암기를 이용해 수도 없이 많은 이들을 죽여 온 주란이다.

그리고 이건 단순하게 암기를 사용하는 게 아니었다. 자신의 무공과 결합되어 완벽한 하나의 초식으로까지 승화시킨 공격이었다.

그런데 그걸 읽어 냈다.

그것도 채 뭔가가 벌어지기도 전에.

대부분은 암기의 존재를 눈치채기도 전에 비침에 맞아 즉사했다. 허나 개중에는 뒤늦게라도 알아차리는 이들 또한 종종 있었다.

하지만 이렇게 미리 그쪽으로 공격이 올 거라는 걸 눈치채고 공격에 대응하는 자는 처음이었다.

물론 그렇게나마 알아차린 이들도 황급히 날아드는 암기를 받아 내다가 일부의 비침에 당하거나, 반대편에서 날아드는 주란의 검공에 피해를 입기 일쑤였다.

무조건적으로 큰 타격을 입힐 수 있는 필살의 공격이라 여겼던 일격.

그런데 막혀 버렸다.

대체 어떻게?

믿기지 않는다는 듯 물어 오는 주란을 향해 백아린이 대수롭지 않게 답했다.

"그냥 내 감이 말해 주더라고. 오른쪽이 위험하다고."

대답을 들으니 더 기가 막혔다.

고작 감? 그 감 때문에 이런 판단을 했단 말인가?

물론 뛰어난 무인일수록 이같이 생사의 기로에서 그 감각은 승패를 결정짓는 역할을 하기도 하는 게 사실이다.

하지만 아무리 그렇다고 해도 그저 감 때문에 날아드는 검을 직접 손바닥으로 잡는 행동은 쉬이 할 수 있는 것이 아니었다.

말대로 지금 백아린 또한 검날을 움켜쥐었던 왼손에서는 피가 뚝뚝 떨어져 내리고 있었다.

최악의 경우 손바닥이 날아갔을지도 모르는 행동을 아무런 거리낌 없이 해내는 그 밑바탕에는 분명 스스로에 대한 자신감이 있었을 게다.

그 모든 걸 알면서도 주란은 기가 막힌다는 듯 말했다.

"너 진짜 단단히 미쳤구나. 네가 천무진처럼 목숨이 더 있는 것도 아니잖아? 대체 어떻게 그런 행동을 할 수 있는 거지?"

믿기지 않는다는 듯 내뱉는 주란의 말.

그 말을 듣는 순간 백아린의 표정이 변했다. 그녀의 말을 이해할 수 없어서였다.

'……저게 무슨 말이지?'

목숨이 더 있다니?

아무렇지 않게 내뱉은 주란의 한마디, 그렇지만 그 말은 백아린에게 혼란으로 다가왔다.

전혀 이해할 수가 없는 말이었기 때문이다.

괜히 말을 걸며 시간을 끌고 있다는 사실을 알고 있었다. 그랬기에 곧장 다시금 달려들려던 백아린이었거늘, 그 말을 듣는 순간 생각이 조금 바뀌었다.

그녀가 입을 열었다.

"그게…… 무슨 의미지?"

물어 오는 백아린의 모습에 주란이 잠시 눈을 동그랗게 뜨더니, 이내 피식 웃었다.

"뭐야 몰랐구나."

"무슨 의미냐고."

"흐음, 말해 줘야 하나. 그러니까 그게……."

말꼬리를 흐리던 주란이 갑자기 옷자락을 펄럭였다. 그러자 그 안에서 감춰져 있던 몇 개의 벽력탄이 앞으로 날아들었다.

콰콰쾅!

커다란 폭발과 동시에 주란은 뒤로 슬쩍 물러났다.

도망치고 싶지 않았다.

그렇지만 백아린은 부상당한 자신과 이곳에 있는 화접들만으로는 상대할 수 없는 실력자였다.

'전열을 가다듬고 다시 돌아와야 해.'

기회는 분명 있다.

죽지만 않는다면 말이다.

이 일을 어르신에게 보고하기 전에 자신이 이끄는 홍화루의 최정예들, 혈접들을 대동한 채 다시 움직인다. 그리고 그때는 반드시 백아린이라는 저 계집을 죽이고야 말 것이다.

벽력탄으로 폭발을 일게 하긴 했지만, 이것으로 백아린을 어쩔 수 있다 생각한 건 아니다.

이로 인해 피어나는 연기로 시야를 가리고 그 틈에 빠르게 도망칠 계획이었던 것이다.

그녀가 빠르게 몸을 돌리며 막 허공으로 날아오르던 그 찰나였다.

연기가 가득한 하늘이 갑자기 갈라졌다.

그리고 그곳에서…… 백아린이 떨어져 내리고 있었다. 생각지도 못한 그녀의 등장에 도망치기 위해 날아오르던 주란의 눈동자가 흔들렸다.

대검을 힘껏 추켜올린 채로 낙하하고 있는 백아린이 작게 중얼거렸다.

"가긴 어딜 가."

그 말과 함께 대검에서 터져 나온 빛이 주란을 향해 날아들었다.

5장. 이야기
— 도와줄까

주란은 자신보다 더 높은 곳에서 나타난 백아린의 모습에 놀람을 감출 수 없었다. 허나 그렇게 경악만 하고 있기에는 상황이 좋지 못했다.

대검에서 쏟아져 나온 강기가 순식간에 밀려오고 있었던 탓이다.

주란이 서둘러 손바닥을 움직였다.

몇 차례나 내상을 입은 상황이라 막대한 양의 내공을 빠르게 뿜어내는 것이 상당히 부담스러웠지만, 지금 이 공격은 간단하게 받아 낼 수 있는 수준이 아니었다.

그랬기에 과감하게 마찬가지로 수강을 뿜어냈고, 날아드

는 공격을 받아 내는 것에 성공했다.

두 개의 강기들이 충돌하며 커다란 폭발이 일었다.

쿠웅!

반탄력으로 인해 백아린은 위로, 주란은 바닥으로 곤두박질쳤다.

볼썽사납게 떨어져 내리던 주란은 서둘러 몸을 회전시키며 아슬아슬하게 두 발로 바닥에 착지하는 데 성공했다.

공중에서의 격돌로 인해 결국 주란의 얼굴을 가리고 있던 가리개가 떨어져 나갔고, 그녀는 황급히 한쪽 손으로 얼굴을 가렸다.

반대로 허공으로 솟구쳐 훨훨 날아갔던 백아린은 멀리에 있는 돌 위에 착지한 상태로 주란을 향해 강렬한 시선을 쏘아 보내고 있었다.

도주에 실패했다는 사실을 깨달은 그녀가 손으로 얼굴을 가린 채 빠르게 소리쳤다.

"언제까지 보고만 있을 거야!"

버럭 내지른 소리에 명령 이후 가만히 싸움을 관전만 하고 있던 화접들이 빠르게 움직였다. 그녀들은 주란 근처로 모여들며 혹시 모를 상황에 대비했다.

화접들에게 둘러싸인 주란을 보며 백아린은 가볍게 몸을 풀며 입을 열었다.

"결국 혼자선 무리라는 걸 알았나 봐? 뭐 처음부터 이렇게 될 거라고는 생각했으니 별반 놀랍진 않네."

처음 염려했던 대로 화접들까지 싸움에 끼어들게 되었지만 이젠 상관없었다.

내상이 깊은 탓에 주란이 처음처럼 위력적인 모습을 보이는 것은 불가능해졌으니까. 그렇게 된 이상 저들 정도 되는 이들이 돕는다 해도 결과는 크게 달라지지 않을 것이었다.

으드득.

주란은 절로 이가 갈렸다.

마치 백아린의 손바닥 위에서 놀아난 것만 같다는 생각이 들어서다. 처음 싸움의 시작부터 해서 도망을 치려 했던 그 순간까지.

마치 모든 걸 알고 준비한 것처럼 백아린은 그에 맞춰 대응했고, 그 결과가 지금 이 상황이다.

자신은 적잖은 내상을 입어 제 실력을 모두 뽑어내기 어렵게 되어 버렸고, 자존심을 내려놓고 도망치려던 것조차 실패로 돌아갔으니 이제 대체 어떻게 해야 하는 걸까?

예상치 못하게 상황이 좋지 않게 흘러갔다. 결국 지금으로선 할 수 있는 방법이 하나밖에 없었다.

화접들을 이용하는 것이었다.

주란은 남아 있는 화접들의 정확한 숫자부터 파악했다.

'스물네 명. 숫자는 제법 되긴 하지만…….'

이 정도 숫자라면 어지간한 무인들을 상대하는 상황에서는 긴장조차 하지 않았을 게다. 다만 문제는 그 상대가 우내이십일성 수준에 들어선 자라는 것이다.

그리고 인정하고 싶지 않지만 그 상대는 자신보다 강할지도 몰랐다.

아니…… 강했다.

그런 자를 상대로 스물네 명의 화접은 그리 위협적이지 못했다.

결국 싸우게 된다면 이들 화접의 힘을 이용한 채로 자신이 승부를 마무리 지어야 한다는 건데…….

주란은 바삐 머리를 굴렸다.

만약에라도 백아린을 죽이겠다며 화접들과 같이 싸우다가 그들의 숫자만 줄어들게 된다면 결국엔 도망치는 것도 불가능하게 된다.

그에 비해 지금이라면 이들 모두를 내주고 기회를 엿봐 도망치는 것 정도는 가능할 것 같았다.

여기서 주란은 빠르게 선택을 내려야 했다.

혹시 모를 가능성에 걸어 보느냐 아니면…… 수하들을 방패로 삼고 도망치느냐.

결론은 생각보다 빠르게 나왔다.

'지금은 때가 아니야.'

화접들의 힘이 더해진다 해도 이길 확률은 삼 할 미만이다. 주란에게는 절반조차 되지 않는 확률에 자신의 목숨을 걸 이유가 없었다.

생각이 정해진 이상 망설일 이유는 없었다.

주란이 명령을 내렸다.

"연옥수라진(煉獄修羅陣)을 펼친다."

연옥수라진은 한 명의 상대를 상대할 때 극히 위력적인 능력을 발휘하는 진법이다. 상대를 뻥 둘러싼 채로 빠져나갈 틈조차 주지 않고 쉼 없이 몰아치는 공격성을 지녔다.

겉으로 보기에는 반드시 죽이겠다는 의지의 발현으로 보일 법도 했지만 속내는 조금 달랐다.

연옥수라진을 선택한 건 자신의 움직임이 보다 자유스러울 수 있었고, 원한다면 화접들을 하나씩 제물로 삼아 최대한 시간을 끌기 용이한 부분이 있다는 판단이 섰기 때문이다.

바위 위에 서 있는 백아린의 주변을 재빠르게 에워싼 화접들은 무기를 뽑아 든 채로 주란의 명령을 기다렸다.

진법 안으로 성큼 들어선 그녀가 손을 들어 올리며 소리쳤다.

"개진!"

명령이 떨어지자 주변을 포위하고 있던 화접들이 빠르게 원을 그리며 돌기 시작했다. 그녀들의 옷자락이 사방으로 나부꼈다.

훅훅훅훅.

바람이 뒤엉키며 요란한 소리들이 귓가를 어지럽혔지만 백아린의 감각은 그들 모두의 움직임을 정확하게 머리에 새기고 있었다.

그렇게 펼쳐진 연옥수라진.

이윽고 공격이 터져 나왔다.

타앙!

한쪽에 위치한 화접 하나가 먼저 짧게 검을 찌르고 들어왔다. 백아린은 재빠르게 발에 힘을 주며 몸을 뒤로 날렸다.

발아래 있던 커다란 돌이 매섭게 굴러가며 상대의 움직임을 방해했고, 그 순간 다른 쪽에 있던 화접이 백아린을 향해 몸을 던졌다.

이 진법을 꽤나 연습해 왔던지 그와 동시에 뒤편에서 다른 이의 움직임 또한 느껴졌다. 여러 개의 움직임들이 동시다발적으로 백아린의 감각에 걸려들었지만, 그녀는 크게 개의치 않았다.

결국 이 연옥수라진에서 마지막 방점을 찍을 상대는 정

해져 있었으니까.

주란, 바로 그녀다.

모두의 움직임을 읽어 내면서도 백아린은 멀찍이에서 기회를 엿보는 주란에게 신경을 집중했다.

이 진법의 의미가 싸우려는 것인지, 도망치려는 것인지부터 확인하는 게 급선무였다.

파앙! 팡!

날아드는 검을 가볍게 대검으로 받아 내며 백아린은 슬쩍 빈틈을 드러냈다.

만약이라도 연옥수라진이라는 진법을 통해 자신과 싸울 생각이라면 반드시 달려들었어야 할 함정을 파 놓은 것이다.

찰나의 틈이긴 했지만 저 정도 실력자가 본다면 분명 모르지는 않았을 터.

그런데 상대는 미동조차 하지 않았다.

그 모습을 본 백아린은 확신할 수 있었다.

'결국 도망칠 생각인가 보네.'

그걸 확인한 이상 백아린 또한 머뭇거릴 이유는 사라졌다.

백아린이 대검을 쥔 손에 보다 많은 힘을 불어넣었다. 막 달려들던 두 명의 화접이 대검에 맞고는 땅에 처박혔다.

이내 백아린은 몸을 돌려 주란을 마주했다. 그러고는 누가 뭐라고 할 틈도 없이 주변을 향해 대검에 휩싸인 검기를 쏟아 냈다.

파파파팡!

펼쳐지고 있는 연옥수라진을 잠시나마 움츠러들게 한 그 찰나 백아린은 곧바로 주란이 있는 방향으로 발을 굴렀다.

순식간에 진이 한쪽으로 치우치면서 뒤편의 빈틈이 사정없이 드러났고, 당연히 화접들 또한 재빨리 몸을 날렸다.

자그마한 위험을 감수하면서까지 주란을 향해 달려든 건 괜히 시간을 끌리다가 그녀를 놓치는 불상사를 미연에 방지하기 위해서였다.

자신을 향해 날아드는 백아린을 보며 주란은 입술을 깨물었다.

굳이 쓰러트릴 상대를 뒤에 둔 채로 저렇게 무리를 하면서까지 이쪽으로 달려든다는 건 곧 자신의 속내를 읽어 냈다는 의미였기 때문이다.

'치잇, 눈치도 더럽게 빠르군.'

수하인 화접들보다 먼저 자신의 속내를 읽어 낸 백아린의 모습에 혀를 차면서도 주란 또한 쥐고 있던 검을 움직였다.

비록 내상을 입어 파괴력은 떨어졌을지 몰라도 아직까지 싸우는 것에는 큰 무리가 없었으니까.

앞으로 껑충 뛰어오른 주란의 검이 지(之)자를 그리며 백아린의 양쪽으로 빠르게 휘몰아쳤다.

백아린이 양쪽을 번갈아 공격해 들어오는 주란의 검을 받아 내는 찰나 뒤편으로 다가온 화접들의 공격이 이어졌다.

슈슈숙!

백아린은 힐끔 시선을 뒤편으로 줘서 그들의 움직임을 정확하게 읽어 내고는 곧장 허공으로 뛰어오르더니 아래를 향해 대검을 후려쳤다.

쾅!

달려들던 화접들의 몸이 사방으로 밀려 나갔고, 덩달아 주란의 다음 공격 또한 무위로 돌아가 버렸다.

껑충 뛰어올랐다 착지하는 백아린의 몸이 회전하기 시작했다.

파바바박!

그 공격에 휘말린 화접들의 몸에서 피가 터져 나왔다. 그걸 막기 위해 주란이 재빠르게 검을 움직여 흐름을 끊어 버리긴 했지만, 이미 몇 명의 목숨을 앗아 간 이후였다.

주란이 버럭 소리쳤다.

"뭣들 해! 진형이 무너졌잖아!"

완벽한 원형이 되어야 했거늘 백아린이 한쪽으로 밀고 들어오며 균형이 무너져 버린 상황.

급히 몇몇이 달려들어 백아린을 밀어내려 했지만 그녀는 꿈쩍도 하지 않았다. 이 자리에서 주란이 도망치지 못하도록 손발을 꽁꽁 묶어 두기 위함이었다.

백아린의 절묘한 자리 선점으로 인해 빠르게 도망칠 계획을 가지고 있던 주란으로서는 무척이나 곤란한 상황에 처해 버렸다.

함부로 등을 보였다가는 뒤편에서 공격을 당할지도 몰랐기에 조금 더 신중하게 상황을 지켜볼 수밖에 없었다.

"속도를 올려!"

진법의 회전력을 더욱 올려 정신없이 휘몰아치도록 명령을 내렸다.

그리고 주란의 명령대로 화접들은 보다 빠르게 공격을 쏟아 내기 시작했다.

차차창!

백아린은 사방에서 찔러 들어오는 공격을 한 손에 있는 대검을 이용해 밀쳐 냄과 동시에 몸을 뒤로 젖혔다. 얼굴 위를 아슬아슬하게 스쳐 지나가는 무기들, 그 순간 백아린의 발이 주변에 있던 이들을 휩쓸었다.

퍼퍼펑!

가능하면 싸움에 개입하지 않으려던 주란이었지만 워낙 거리가 가까웠기에 어쩔 수 없이 검을 움직여야만 했다.

탁!

거리를 좁히며 내뻗은 일격이 백아린의 미간을 노렸다.

파앙!

비어 있는 공간을 파고들었거늘 백아린은 능숙하게 손바닥으로 검의 옆면을 후려치며 방향을 비틀었다.

내공이 실려 있는 공격이었기에 손바닥에서는 재차 피가 터져 나왔지만 그녀는 전혀 아랑곳하지 않았다.

부웅!

손바닥이 주란을 향해 날아들었고, 그녀 또한 마찬가지로 검을 바닥에 팽개치며 장법을 펼쳤다.

쩌엉!

두 손바닥이 마주치며 주변으로 회오리바람이 몰아쳐 서로를 반대편으로 밀어냈다. 그렇지만 내상을 입은 상태인 주란의 피해가 더 클 수밖에 없었다.

"우웁."

뒷걸음질 치던 주란은 재차 뒤틀리려는 속을 억지로 부여잡았다.

힘도 문제였지만 나이에 맞지 않는 저 고강한 내공이 주란의 손바닥을 타고 전신으로 퍼져 나간 탓이다.

"망할!"

화가 나 소리를 내지른 주란이 바닥에 있는 검을 주워 들고는 곧바로 휘둘렀다.

파앙!

날아드는 검기에 다른 화접들을 상대하고 있던 백아린의 옷깃이 터져 나갔다. 어깨 부분에 상처가 생겨나긴 했지만, 그 상태로 그녀는 마주하고 있던 세 명의 화접을 바닥에 처박아 버렸다.

그 모습을 바라보는 주란의 표정이 좋지 못한 건 당연했다.

'이대로 가다가는 내 작전이 모두 물거품이 될 텐데…….'

스물네 명에 달하던 화접의 생존자 중에 절반 가까이가 쓰러져 버렸다. 이제는 점점 도망치는 것 또한 불가능에 가까워지고 있다는 사실에 주란의 마음이 조급해졌다.

허나 그렇다고 한들 지금 이 상황을 극복할 수 있는 방책은 크게 보이지 않았다.

상황이 이렇게 될 줄 알았다면 눈속임용으로 썼던 벽력탄의 일부를 남겨 놨을 게다. 그렇다면 화접들을 방패 삼고, 벽력탄으로 시야까지 가려 도망쳐 봤겠지만 아쉽게도 지금 그녀에겐 단 하나조차 남아 있지 않았다.

주란이 계획에 없던 이 상황에 어찌할 줄 몰라 하던 바로 그 순간.

스스스스스스스!

귓가로 밀려드는 섬뜩한 소리에 주란은 움찔했다.

뒤편에서 어마어마한 힘이 이쪽을 향해 날아드는 걸 알아차렸으니까.

허나 주란은 그 힘의 간격에서 빠져나가기 위해 움직일 수가 없었다.

오히려 움직이는 순간 뒤편에서 날아드는 이 공격의 많은 부분이 자신을 덮쳐 올 것이라는 사실을 빠르게 눈치챘기 때문이다.

그리고 그러한 공격이 날아드는 걸 눈치챈 건 비단 주란뿐만이 아니었다.

백아린이 놀란 듯 고개를 치켜드는 그 순간 주란의 뒤편에서 날아든 무형의 기운이 주변을 뒤덮었다.

쿠아아앙!

폭발이 일며 순식간에 주변의 모든 것들이 사방으로 밀려 나갔다. 그리고 마치 커다란 태풍이 밀려오기라도 한 것처럼 근처에 있던 모든 게 하늘 위로 솟구쳐 올랐다.

대지가 갈라졌고, 덩달아 그곳에 있던 것들이 터져 나갔다.

생존해 있던 화접들 모두가 날아드는 빛에 휩쓸려 사라졌다.

분명 화접들을 모두 사라지게 만든 그 공격만 본다면 지금 뒤편에서 날아든 힘은 주란의 적이어야 할 터인데…… 그 안에는 백아린 또한 포함되어 있었다.

미친 듯 휘몰아치는 후폭풍 속에서 주란이 놀란 눈을 한 채 뒤편으로 고개를 돌렸다.

그리고 그녀의 시선이 향한 곳에는 한 사내가 자리하고 있었다.

긴 머리카락을 나풀나풀 휘날리며 여유 가득한 표정으로 손을 들어 올리는 사내.

일전에 배 위에서 천무진과 마주했던 십천야의 일인, 반조였다.

“여, 지나가다가 꽤 위험해 보이기에 말이야.”

웃으며 말을 내뱉는 그를 보며 주란은 표정을 와락 구겼다.

정말로 지나가다가 봤을 리가 없지 않은가.

애초부터 자신의 이 싸움을 어딘가에서 구경하고 있었을 게 분명했다.

주란이 얼굴을 가리고 있던 손을 내리며 막 입을 열었다.

“너 언제부터…….”

“얼굴 가리라고. 아직 안 끝났거든.”

“뭐?”

무슨 말도 안 되는 소리냐는 듯 말을 내뱉던 주란은 뒤편에서 느껴지는 인기척에 황급히 한쪽 손으로 얼굴 입 부분을 가렸다.

그러고는 이내 다시금 정면을 바라보는 순간 피어오르는 먼지구름 사이로 한 명의 여인이 걸어 나오고 있었다.

백아린 그녀가 살아서 나타난 것이다.

놀란 주란이 나지막이 중얼거렸다.

"……이 폭발 속에서도 살아 있다고?"

꽤나 치명적인 공격이었는지 이마에서는 피가 흘러내리고 있었고, 옷 또한 곳곳이 찢겨져 나갔다.

행색이 꽤나 엉망이긴 했지만, 그녀의 몸에서 풍겨져 나오는 기운은 전혀 수그러들지 않고 있었다.

이마의 피를 손등으로 가볍게 스윽 닦아 내는 백아린을 보며 반조가 픽 웃음을 흘렸다.

백아린을 바라보는 그의 눈동자에 이채가 감돌았다.

사실 반조 또한 기척을 눈치채기 전까지만 해도 자신의 이 공격을 정면으로 받아 놓고 그 안에서 살아 나올 거라고는 생각지도 못했다.

그가 웃으며 입을 열었다.

"하하! 이래서…… 무림이 재밌다니까."

*　　*　　*

웃고 있던 반조가 놀란 얼굴로 백아린을 바라보고 있는 주란을 향해 입을 열었다.

"어떻게 해? 내가 도와줄까?"

이렇게 된 상황에서 자신이 도와주냐고 묻는 반조의 모습에 주란은 짜증이 확 치밀었다.

"지금 상황에서 그게 물어보고 정할 일이야?"

"네 자존심이 워낙 세니까. 도와줬다가 욕먹으면 그게 무슨 억울한 일이냐?"

여전히 싱글벙글 웃으며 장난스럽게 말을 건네는 반조의 모습에 주란은 화가 치밀어 올랐다.

그녀가 버럭 소리를 내질렀다.

"닥치고 빨리 죽여!"

"예예, 그러죠."

어깨를 으쓱하며 반조가 순식간에 주란의 옆에 다가와 섰다.

그 틈에 백아린은 재차 눈으로 들어가려는 피를 소매로 닦아 냈다.

그러면서도 동시에 시선은 지금 막 모습을 드러낸 새로운 상대에게 고정되어 있었다.

타격이 좀 있긴 했지만, 거동을 하는 데 불편할 정도는 아니었다. 이 정도라면 싸움을 이어 가는 것도 충분히 가능했다.

다만 문제는…….

'저 여자보다 훨씬 귀찮은 자야.'

반조는 주란과 마찬가지로 십천야 소속이었지만 무공 쪽에 크게 두각을 드러내는 자였다. 그 말은 곧 같은 십천야라고 해도 실력 면에서는 주란보다 훨씬 위라는 소리다.

대검을 든 채로 성큼 다가오는 백아린을 보며 반조가 재미있다는 듯 입을 열었다.

"뭐야? 안 도망쳐?"

주란에 이어 자신까지 나타났다.

제법 위력적인 일격까지 허용했으니 당연히 이 싸움을 피하기 위한 움직임부터 보일 거라 여겼거늘 오히려 상대방이 덤빌 것처럼 다가오자 반조는 의외라는 표정이었다.

그런 그의 말을 백아린이 가볍게 받아쳤다.

"도망은 그쪽이 쳐야지. 그게 너희들 전문 아닌가?"

백아린의 말에 한 방 얻어맞기라도 한 것처럼 이마를 감싸 쥔 반조가 괴롭다는 듯 입을 열었다.

"이런, 아니라고 하고 싶긴 한데…… 하필 막 이전에 그런 전적이 있으니 아니라고 할 수가 없네."

슬쩍 주란을 확인하며 반조가 대꾸했다.

그런 눈길에 주란의 얼굴이 붉어졌다.

그리고 자신의 예상이 맞았다는 사실 또한 확인할 수 있었다. 절체절명의 순간 나타나긴 했지만 꽤나 오랫동안 숨어 자신의 행동을 살펴봤다는 것을.

그렇지 않고서야 자신이 도망치려 했다는 사실을 그 자리에 없던 반조가 알 리 없지 않은가.

주란의 앞으로 나서며 백아린의 혹시 모를 공격에 대비한 채로 반조가 입을 열었다.

"제법이야. 십천야 내에서도 너 같은 녀석은 찾기 어려운데……."

무공 실력도 그렇지만 이런 상황에서도 전혀 주눅 들지 않는 저 모습이 무척이나 유쾌했다.

여유 가득한 반조를 향해 백아린이 차가운 목소리로 답했다.

"굳이 그쪽이 뭘 찾고 그래. 다 데리고 오면 알아서 내가 판별해 줄게. 개중에 누가 제일 강했는지. 물론 모두가 죽을 테니 그 대답을 들을 수 있는 자도 안 남겠지만 말이야."

"푸하하하!"

백아린의 말에 반조가 배를 잡고 웃음을 터트렸다.

정말 눈물이 글썽거릴 정도로 웃어 젖히는 그를 뒤편에 있는 주란은 마음에 안 든다는 표정으로 응시했다.

대체 뭐가 저리도 좋다고 웃어 대는지 이해가 가지 않았다.

허나 그런 주란의 시선은 신경조차 쓰지 않던 반조가 이내 힘겹게 웃음을 멈추며 말을 이었다.

"하하! 진짜 많이 아깝네. 너 같은 녀석 싫어하지 않거든. 그래도…… 어쩔 수 없는 게 있는 법이니까."

말과 함께 반조가 손을 가볍게 흔들자 그의 손바닥 안으로 섭선 하나가 모습을 드러냈다.

촤악!

섭선을 펼친 반조가 슬그머니 말했다.

"일전에 천무진을 만나고도 그냥 보내 줘야 해서 좀 아쉬웠는데 말이야. 그 아쉬움 네가 달래 주라고."

반조의 말에 백아린은 천무진이 말해 줬던 이야기가 기억났다. 일전에 자리를 비웠을 때 자신들이 찾는 그들과 연관된 누군가가 찾아왔다는 내용의 이야기 말이다.

그리고 그자의 이름까지도 떠올려 냈다.

"당신이 반조군."

"어라? 내 이름을 알아주다니 영광이네."

"열심히 찾았거든. 그런데 여태까지 못 찾았어. 대체 어디 숨어 있나 했더니 꽤나 가까이 있었네."

적화신루의 정보망으로도 전혀 흔적을 찾지 못했던 자다.

백아린은 대검을 보다 강하게 쥐었다.

호언장담을 내뱉긴 했지만 사실 알고 있다.

이 싸움, 그리 유리하진 않다는 것 정도는.

반조 하나라면 모를까 옆에는 주란이 남아 있다. 최고의 상태는 아닐지라도 결코 얕볼 수 있는 상대는 아니다.

최악의 경우 둘을 동시에 상대해야 할지도 모른다.

백아린과 마주하고 있던 반조는 그녀에게서 풍겨져 나오는 투기를 느끼며 입꼬리를 씰룩였다.

섭선을 쥔 손바닥에 흐르는 묘한 긴장감.

천무진과는 처음부터 싸울 생각이 없었기에 이런 느낌을 받지 못했다.

허나 지금은 달랐다.

'대체 이런 느낌을 받아 본 게 얼마 만이지?'

누군가를 앞에 둔 상황에서 긴장을 한다는 건 실로 재미있는 일이었다.

그만큼 강한 상대라는 의미였으니까.

그 상태에서 반조가 막 섭선에 내력을 불어넣고 있는 그 때.

휘유유웅!

그리 유쾌하지 않은 소리가 반조의 귓가에 울렸다.

새벽하늘을 가르는 그 자그마한 소리에 흥분한 얼굴로 섭선을 들어 올리고 있던 반조의 표정이 팍 구겨졌다.

그가 갑작스레 투기를 거뒀다.

돌변한 상대의 모습에 백아린이 의아한 표정을 지어 보이는 그때였다.

깊은 한숨과 함께 반조가 입을 열었다.

"하아, 이런. 정말 그쪽 말대로 되어 버렸네."

"그게 무슨……."

"방금 그 소리 들었지? 내 수하가 보낸 신호거든. 그리고 이 신호가 터져 나왔다는 건 지금 당신의 아군들이 오고 있다는 소리고. 당신 하나도 좀 어려운 상대인데 거기다 천무진에 단엽까지 끼면…… 어휴 생각만 해도 끔찍하네."

천룡성의 비밀 거점과는 제법 거리가 있었기에 싸움의 소리를 듣고 온 건 아닐 터.

대체 어떻게 백아린이 위험하다는 걸 알고 이리 움직인 건지 의문이지만…… 지금 반조에게 중요한 건 그게 아니었다.

저 신호가 나왔다는 건 시간에 그리 여유가 있지 않다는 의미였으니까.

아쉽다는 듯 입맛을 다시며 반조가 말을 이었다.

"당신 말대로 이번엔 도망쳐야 될 것 같네."

"누가 순순히 보내 준대?"

"뭐 그냥은 힘들겠지. 하지만……."

말과 함께 반조가 허공으로 몇 번 손을 휘젓는 시늉을 해 보였다. 그리고 이내 멈춰진 그의 손가락 사이에는 새카만 단환들이 가득했다.

반조가 그 단환들을 든 채로 웃었다.

"난 이 녀석보다 준비성이 철저해서 말이야. 벽력탄은 아니니 걱정 안 해도 돼. 이건 도망치기 위해 만든 물건이라 단순하게 연기만 피어오르거든."

주란은 벽력탄으로 간단하게 시야를 가리는 정도로 만족했지만 지금 반조가 들고 있는 저것들은 달랐다.

한 치 앞을 분간하기 힘들 정도로 연기가 피어오를 테고, 저 정도 고수라면 시야에서 사라지는 그 찰나의 순간 거리를 벌리는 게 가능할 것이다.

그걸 알기에 백아린은 슬쩍 발을 반 보 앞으로 내디뎠다.

가능만 하다면 저 단환을 사용하기 전에 손을 날려 버릴 생각이었다.

하지만…….

반조가 손을 다급히 앞으로 내밀며 소리쳤다.

"어이어이! 거, 생각이 다 보이거든? 내 손이라도 날려 볼까 하는 모양인데 좀 참아 달라고. 우리한텐 다음 기회라는 게 있잖아."

말과 함께 반조가 빠르게 손가락 사이에 있는 단환들을 터트렸다.

팍!

이대로 보낼 순 없다는 생각에 백아린이 빠르게 그쪽을 향해 대검을 휘둘렀다.

부웅!

빠르게 피어난 안개가 일순 밀려 나갔지만 놀랍게도 방금 전까지 그곳에 있었던 반조와 주란의 모습은 사라져 있었다.

순간 백아린이 비틀했다.

단순하게 안개만 피워올리는 물건이 아닌 듯싶었다. 찰나의 순간이지만 주변의 풍경들이 일그러졌다 펴졌다를 반복했다.

덩달아 살짝 정신이 몽롱해지는 것이 지금 이 상황을 꿈처럼 느껴지게 만들었다.

백아린은 그제야 자신이 속았다는 사실을 알아차렸다.

'안개만 피어오른다더니 그것부터가 거짓말이었네.'

허탈한 표정으로 백아린이 위를 올려다봤다.

안개 때문에 쉽사리 한 치 앞을 분간할 수 없는 상황이었기에 하늘 또한 보이지 않았다.

그리고 눈에 보인다고 해서 그것 또한 모두 진짜가 아니었다.

기가 차다는 듯 그곳에 서 있던 찰나 갑자기 백아린의 시선에 안개를 헤치며 다가서는 누군가가 들어왔다.

다소 상기된 표정으로 다가오고 있는 그는 바로 천무진이었다.

백아린은 다가오는 천무진을 바라보며 갸웃거렸다.

과연 저것도 가짜일까?

아니면…… 진짜일까.

천무진의 모습을 한 그 뭔가도 백아린을 발견했는지 눈을 크게 치켜뜨고 빠르게 다가오고 있었다.

그가 목청껏 자신의 이름을 불렀다.

"백아린!"

마침내 거리가 좁혀지고 그 두 눈동자를 마주하는 순간 백아린은 알 수 있었다.

이자는 진짜라는 걸.

천무진이 백아린의 어깨를 움켜잡았다.

"어이! 괜찮아?"

피투성이가 된 얼굴과 엉망이 된 모습에 천무진은 놀란

기색이 역력했다.
백아린이 웃으며 입을 열었다.
"미안해요. 다 잡았는데…… 놓쳤네요."
"이런 상황에 미안하다는 말이 나와?"
천무진의 시선에 백아린의 이마에 진득하게 묻어 있는 피가 들어왔다.
거기다 곳곳에 입은 상처까지.
대체 무슨 일이 있었냐고 묻는 듯한 시선을 느낀 백아린이 입을 열었다.
"그를 만났어요."
"그라니?"
"당신이 말했던 반조라는 이름의 그자요."
"그놈하고 싸운 거야?"
"아뇨, 그러기 직전이었는데…… 당신이 나타날 걸 알아차리고 도망치더군요. 전 다른 자들을 상대했어요. 여인이었고, 그 반조라는 자와 동료인 듯했어요."
이야기를 듣고 있는 천무진의 표정이 점점 굳어 갔다. 지금 이 말대로라면 그녀는 두 명이나 되는 그들과 마주했다는 의미였으니까.
천무진은 직접 반조와 마주한 적이 있었다.
그랬기에 안다.

그가 얼마나 위험한 자인지를.

그 순간 천무진을 향해 백아린이 물었다.

“그런데 제가 위험한 건 어떻게 알고 온 거예요?”

“어떻게 알긴. 치치 덕분이지.”

“아…….”

그제야 백아린은 알 수 있었다.

처음 싸움이 시작된 직후 혹시 모를 상황을 대비해 소매 속에 있는 치치를 뒤편으로 물러나 있게끔 했다. 그런데 치치는 그 틈을 이용해 거처로 돌아가 그곳에 있는 이들에게 백아린이 위험하다는 걸 알렸던 모양이다.

주변을 두리번거리던 그녀가 물었다.

“그런데 왜 당신 혼자예요? 부총관하고 단엽은요.”

“오는 도중에 이상한 놈들을 발견해서 그쪽에 먼저 붙었어. 나만 급히 이쪽으로 왔고.”

“아…… 아마 반조에게 신호를 보냈던 이들이겠군요.”

두 사람은 어딘가에 숨어 천무진 일행이 오는 걸 알렸던 그들을 뒤쫓은 모양이다.

그 두 사람이 없다는 사실을 확인하자 백아린이 잠시 숨을 골랐다.

사실 고민했다.

이것을 입 밖으로 꺼내야 할지 말지를.

그에 대해서는 항상 궁금한 것이 많았지만 어떠한 것에 대해서도 묻지 않았던 그녀다. 허나 이번 건 조금 달랐다.

그랬기에 백아린이 결국 마음의 결단을 내린 채로 입을 열었다.

"사실 오늘 만난 자한테서 이상한 말을 하나 들었거든요. 그런데 저로서는 도저히 납득이 안 가는 말이라서요. 물어봐도…… 돼요?"

조심스러운 그녀의 질문.

천무진이 백아린을 가만히 응시했다.

그녀가 자신을 위해 아무런 것도 묻지 않는다는 걸 누구보다 잘 알고 있는 천무진이다.

그랬기에 그가 고개를 끄덕였다.

승낙을 받았지만 어떻게 말을 해야 할지 어려운 듯 잠시 머뭇거리던 백아린이 이내 물었다.

"좀 이상하게 들릴 질문이라는 건 알아요. 미쳤다고 생각할 수도 있고요. 그래도 이왕 말을 꺼냈으니 물어볼게요. 아니면 그냥 제가 미친 사람 한번 되고 말죠, 뭐."

숨을 내쉰 그녀가 이내 천무진을 똑바로 바라본 채로 천천히 말을 이었다.

"당신…… 죽은 적이 있어요?"

물어 오는 백아린의 질문에 천무진이 움찔했다.

사실 거짓말을 하는 건 그리 어렵지 않았다. 증거도 없었고, 오히려 죽었다가 과거로 돌아왔다는 대답을 하는 게 더 우스웠으니까.

굳이 진실을 말할 이유가 없음을 잘 알았지만 천무진은 잠시 대답하지 못하고 침묵했다.

마주하고 있는 백아린의 시선 때문이었다.

천무진이 아무런 대답도 하지 않고 바라보고만 있자 괜스레 무안했는지 백아린은 자신의 머리를 긁적이며 어색하게 말을 돌렸다.

“갑자기 이상한 소리를 했죠? 제가 그들한테…….”

“……맞아.”

“네?”

놀란 듯 눈을 치켜뜨는 그녀를 똑바로 응시한 채로 천무진이 입을 열었다.

“있다고. 죽어 본 적.”

6장. 속내
— 돌려주죠

천무진의 대답에 놀란 것은 우습게도 질문을 던진 당사자인 백아린이었다. 그녀는 당황스러운 표정으로 천무진을 응시했다.

직접 귀로 듣고도 믿을 수가 없었다.

죽어 본 적이 있다고?

지금 그 말을 어떻게 이해하고, 어떤 말을 꺼내야 하는 것일까?

적화신루에서 살아가며 정말로 많은 말도 안 되는 일들에 대해 경험해 본 그녀다. 그런데 그 어떠한 것도 지금 천무진의 입에서 나온 저 말과 비견할 순 없었다.

말도 안 되는 소리라는 걸 알지만…….

그럼에도 백아린은 결코 천무진의 말을 가벼이 듣지 않았다.

그를 아니까.

자신이 아는 천무진이라는 사내는 결코 이런 걸로 그녀를 속이려 들지 않을 거라는 강한 믿음이 있었기에 가능했다.

놀랐던 얼굴이 진지하게 변한 건 그런 믿음이 있었기 때문이었다.

천무진 또한 백아린의 변해 가는 표정에서 그녀의 속내를 읽었는지 피식 웃음을 흘렸다.

"뭐야. 지금 이 말도 안 되는 이야기를 믿는 건가?"

솔직히 답변을 해 놓고도 천무진은 생각했다.

자신의 이 말을 듣고 백아린이 믿지 않을 수도 있다고 말이다.

그런데 천무진의 생각이 틀렸다.

진지하게 자신을 바라보는 저 눈빛은 결코 한 치의 의심조차 하지 않고 있었으니까.

천무진의 말에 백아린이 고개를 끄덕였다.

"당신이 한 말이니까요."

확고한 그 한마디에 천무진은 움찔했다.

과거의 기억으로 인해 쉽사리 누군가를 믿지 못하게 되어 버린 천무진에게는 지금 백아린의 그 한마디는 꽤나 깊게 들어와 박혔다.

순간 말문이 막혀 있던 그 찰나였다.

쪼르르르.

천무진의 옷 안에 숨어 있던 치치가 빠져나와 빠르게 백아린의 몸을 타고 어깨로 올라섰다.

그녀는 자신의 얼굴에 몸을 비비는 치치를 손가락으로 어루만져 주며 슬며시 웃었다.

"고마워, 치치."

치치가 아니었다면 지금쯤 두 명의 십천야와 목숨을 건 싸움을 하고 있었을 그녀다. 물론 그 승부의 승자가 누가 되었을지는 모를 일이지만.

천무진과 짧은 대화를 나누는 사이 주변을 가득 채웠던 정체불명의 안개가 서서히 걷혀 가고 있었다.

묻고 싶은 건 많았지만 백아린은 우선 입을 닫았다.

그보다 먼저 해야 할 일이 있었으니까.

백아린이 입을 열었다.

"이봐요, 이제 가도 돼요."

그녀의 목소리가 향한 곳에는 아직까지도 바위 뒤에 바짝 붙어 몸을 웅크린 채로 숨어 있던 개방도 담구가 자리하고 있었다.

담구가 슬그머니 몸을 일으켜 세우더니 이내 망가진 옷매무새를 가볍게 정리했다.

천무진이 힐끔 쳐다보며 물었다.

"개방?"

"네, 맞아요. 잠깐 저 사람하고 용무가 있어서 온 건데 일이 이렇게 됐네요."

천무진과의 대화를 멈춘 건 바로 저 담구가 이곳에 있기 때문이다. 어떤 이야기가 오갈지 모르는데, 개방의 방도에게 둘의 대화가 흘러 들어가는 건 원치 않았으니까.

담구는 아직까지도 정신이 없는지 다소 얼빠진 표정으로 다가와 포권을 취했다.

"더, 덕분에 살았소."

"애초에 절 노린 자들이었는걸요. 저 때문에 괜한 위험에 휘말리게 해서 죄송해요."

백아린의 말에 담구는 고개를 마구 저었다.

이유야 어찌 됐든 결과적으로 자신이 살 수 있었던 건 이 여인 덕분이라는 걸 잘 알기 때문이었다.

바위 뒤에 숨은 채로 싸움의 절반도 채 제대로 보지 못했다. 그리고 본다 해도 눈으로 좇을 수조차 없을 정도의 수준 높은 대결이었다.

눈으로 좇을 수조차 없는 싸움.

그걸 해낸 이 여인의 실력은 가히 발군이었다.

적화신루에 이런 말도 안 되는 실력자가 있다는 사실이 믿어지지 않을 정도로.

담구가 입을 열었다.

"받은 서찰은 방주님께 꼭 전달드리겠소. 그럼 이만."

말을 마친 그는 곧바로 몸을 돌려 엉망이 된 이곳을 빠르게 빠져나갔다.

담구가 순식간에 멀어지는 걸 가만히 바라보던 백아린이 슬쩍 옆에 서 있는 천무진을 살폈다. 그녀의 시선을 눈치챈 천무진이 입을 열었다.

"눈치 보지 말고 빨리 물어봐. 궁금한 거 많잖아."

"음…… 살면서 이런 일에 대해서는 생각도 안 해 봐서 어떤 질문부터 해야 할지 모르겠는데 그래도 한번 해 볼게요."

복잡한 머릿속을 최대한 단순하게 정리한 백아린이 천무진을 향해 질문을 던졌다.

"죽었다고 했잖아요? 그런데 어떻게 지금 제 앞에 있을 수 있는 거예요?"

"간단해. 내가 죽은 건 이번 생이 아니니까."

천무진은 간단하다고 생각해 말했지만 백아린은 오히려 더 이해가 가지 않았다.

상식적이지 않은 상황, 어떻게 저 말을 이해해야 할까?

전혀 모르겠다는 표정으로 자신을 마주하고 있는 백아린의 시선에 천무진이 짧게 한숨을 내쉬었다.

제대로 이해시키기 위해서는 보다 자세한 설명이 필요할 듯싶었다.

천무진이 입을 열었다.

"말대로 난 죽었어. 그리고 돌아왔지. 과거인 지금으로."

"그러니까…… 미래에서 죽고 지금으로 돌아왔다 이 말인 거예요?"

"그래, 바로 그 말이야."

어느 정도 갈피를 잡은 백아린을 향해 천무진이 고개를 끄덕였다.

그런 그에게 백아린이 놀라 물었다.

"잠깐만요. 그러면 당신은 앞으로 벌어질 일에 대해 모두 알고 있다는 말이잖아요."

"모두는 아니고 극히 일정 부분 정도만 알고 있어."

"왜요? 미래를 경험했다면서요?"

그녀가 이해가 안 된다는 듯 묻자 천무진이 담담하게 답했다.

"그때의 난 조종당했거든. 마치 영혼 없는 강시처럼 말이야. 당연히 무슨 일이 벌어지는지 관심조차 가질 수 있는 상태가 아니었지."

"천룡성의 당신이 조종을 당해요? 대체 누구…… 설마 그들인가요?"

믿을 수 없다는 듯 말하던 백아린은 퍼뜩 자신들이 쫓고 있는 그들에 대해 떠올리며 물었다. 그리고 그녀의 물음에 천무진은 속이지 않고 답했다.

"그래, 그들이 날 조종했던 자들이야."

그제야 백아린은 대충 모든 걸 짐작할 수 있었다.

천무진이 어떻게 정보 단체인 자신들도 모르는 존재에 대해 알고 있었는지를, 그리고 왜 그토록 그들을 뒤쫓고 있었는지도 말이다.

백아린이 물었다.

"혹시 과거의 삶에서도 절 알았어요?"

"아니, 몰랐어. 어디 꽁꽁 숨어 살았는지 코빼기도 안 비치던데."

"……그랬군요."

적화신루의 루주라는 비밀을 안고 있는 백아린이다.

혹시나 해서 물었거늘 천무진은 그녀의 정체에 대해서는 전혀 모르는 듯했다.

그랬기에 묻고 싶은 것이 하나 있었다.

어쩌면 처음부터 가장 궁금한 질문이기도 했던 것. 언젠가 기회가 되면 반드시 묻고 싶었던 질문이 지금의 이 상황과 맞물리며 더욱 커다란 궁금증으로 다가왔다.

백아린이 입을 열었다.

"미래를 알잖아요."

"그치."

"그런데 왜…… 저희를 선택했어요?"

처음 만났던 그날부터 수많은 정보 단체들 중 굳이 자신들을 선택한 이유가 궁금했다. 분명 당장에 자신들보다 더욱 큰 세력을 지닌 정보 단체들이 존재했고, 천룡성이라면 그들의 힘을 빌리는 것도 무리가 아니라는 걸 알아서다.

그런데 미래까지 아는 그가 자신들을 선택한 이유가 과연 무엇인지 궁금했다.

물어 오는 그녀의 질문에 천무진이 답했다.

"무림을 대표하는 네 개의 정보 단체 중 유일하게 적화신루만이…… 그들과 싸웠거든."

천무진의 대답에 백아린은 놀란 듯 눈을 치켜떴다.

자신들만이 그들과 싸웠다라…….

정보 단체는 돈을 벌기 위한 것만이 목적이 돼서는 안 된다 여기는 백아린으로서는 지금 그 대답이 썩 마음에 들었다.

백아린이 피식 웃으며 중얼거렸다.

"그거 나쁘지 않네요."

"뭐가?"

"나쁜 놈들이잖아요. 그런 이들과 끝까지 싸웠다는 건 저희가 불의에 굴복하지 않았다는 말이니까요."

백아린의 당당한 말에 천무진은 잠시 입을 닫고 그녀를 응시했다.

참으로 대단한 여인이라는 생각이 들었다.

그랬기에 궁금했다.

방금 전 백아린이 던졌던 질문 중 하나는 천무진 또한 항상 궁금해했던 것과 관련이 있는 것이다.

왜 과거엔 이 여인을 알지 못했던 걸까?

이 정도의 여인이라면 분명 쉽사리 죽지도 않았을 터인데 대체 왜…….

자신을 바라보는 천무진의 시선을 마주한 채로 백아린이 말했다.

"그래서 저희 적화신루는 결국 어떻게 되죠?"

"……모두 죽어."

"역시 그렇군요."

그럴 줄 알았다는 듯 백아린은 전혀 동요하지 않으며 답했다.

그러고는 이내 그녀가 재차 입을 열었다.

"그 이후에 그들은요?"

"무림을 집어삼키지."

천무진을 선두에 새운 채로 필요한 모든 걸 잠식해 가던 그들은 결국 무림의 주인이 되고야 만다.

당시엔 그 누구도 그들을 막지 못했다.

그리고 어쩌면…… 이번 생 또한 같을지 모른다.

그만큼 그들은 강했으니까.

잠시 생각에 잠겨 있던 백아린이 퍼뜩 생각난 듯이 물었다.

"아 참, 이걸 묻지 못했네요. 그 삶에서의 당신은 어떻게 되었어요?"

"나 역시 그들에게 죽었어."

자신의 몸을 내려다보며 천무진은 자신이 죽었던 당시의 기억을 떠올렸다.

정신은 물론이거니와 신체 또한 괴물이 되어 버렸던 그때. 이용만 당하다 결국 그들에 의해 독에 중독당한 상태로 암습을 당했었다.

괴롭기만 했던 과거의 삶을 떠올리자 자연스레 표정 또한 굳어졌다.

천무진이 중얼거리듯 말을 이었다.

“아주 잔인하고 비참하게.”

변해 가는 천무진의 표정을 보며 백아린은 그제야 그간 봐 왔던 그의 어두웠던 모습의 실체를 조금이나마 마주한 느낌이 들었다.

‘그래서였구나.’

잦은 악몽과 알 수 없는 어둠을 안고 있던 사내.

대체 천무진에게 어떤 슬픈 과거가 있었던 걸까 생각했는데…… 그 슬픔은 자신이 생각했던 것보다 훨씬 더 길고, 깊었던 모양이다.

길게 숨을 내뱉은 천무진이 나지막이 말했다.

“아직도 내 숨을 거두던 그놈의 마지막 말이 머리에서 떠나질 않아.”

“뭐라고 했는데요?”

천무진이 중얼거렸다.

“……병신 같은 새끼라고 하더군.”

말을 내뱉고도 스스로 부끄러웠는지 천무진은 억지로 피식 웃음을 흘렸다.

떠올리고 싶지 않은 과거, 외면하고 싶은 기억.

비참했던 자신의 모습이 그곳에 있었으니까.

가만히 고개 숙인 천무진을 응시하던 백아린이 갑자기 자신의 대검을 땅에 소리 나게 박아 넣었다.

쿠웅!

갑작스러운 그녀의 행동에 천무진이 놀라 고개를 들었을 때다.

백아린이 빈 허공을 향해 버럭 소리를 내질렀다.

"이 망할 새끼들아! 이번엔 그 말을 누가 들을지 두고 보자!"

생각지도 못한 그녀의 행동에 천무진이 황당하다는 표정을 지어 보일 때였다.

크게 소리를 내질렀던 백아린이 당찬 얼굴로 고개를 돌려 천무진을 마주했다.

그러고는 이내 그녀가 말했다.

"당신이 들었던 그 말, 우리가 돌려주죠."

씩씩한 백아린의 모습에 천무진이 물었다.

"적화신루가 멸문당한다는 데도 여전하군. 무섭진 않은 거야?"

"무섭죠. 적화신루는 저한테 모든 것이니까요. 그런 곳이 멸문당한다고 들으니 무서운 건 사실이지만 그래서인지 투지가 더 불타오르는데요. 적화신루를 멸문시킬 놈들이라니…… 그대로 당해 줄 순 없잖아요? 복잡하게 생각하면 답이 안 나오는 문제라 보다 쉽고 단순하게 생각하려고요."

"쉽고 단순하게?"

되묻는 천무진을 향해 백아린이 천천히 입을 열었다.

"제가 당신을 도와야 할 확실한 이유가 하나 더 생겼다고."

여태까지도 계속해서 전력을 다해 도와 왔지만, 이제는 그래야 할 이유가 하나 더 늘었다.

그게 전부일 뿐이다.

백아린이 한 말의 의도를 모를 리 없었기에 천무진은 픽 웃으며 대답했다.

"단순하니 좋네. 마음에 들어."

"그죠? 그러니까 우리 이제 정신 똑바로 차리자고요. 이번엔…… 우리가 먹여 줘야 할 차례니까요."

그렇게 두 사람이 서로를 바라보며 웃고 있을 때였다.

멀리에서 커다란 고함 소리가 들려왔다.

"대장!"

그 목소리의 주인공은 다름 아닌 한천이었다.

그가 단엽과 함께 이곳으로 달려오고 있었다. 그 두 사람을 확인한 백아린이 슬쩍 어깨를 으쓱하며 말했다.

"남은 이야기는 나중으로 미뤄야겠네요. 우리 부총관이 다친 절 보고 호들갑을 떨 예정이라."

*　　*　　*

백아린의 말대로였다.

순식간에 두 사람에게 날아든 한천이 다친 백아린의 상태를 위아래로 빠르게 훑어보더니 호들갑을 떨기 시작한 것이다.

"아니, 우리 대장 상태가 왜 이러십니까? 누가 감히 대장을 이렇게 만들었어요?"

"별거 아냐. 호들갑 떨 거 없어."

백아린은 별거 아니라 말하고 있었지만 사실 그리 간단한 부상은 아니었다.

그도 그럴 것이 강기를 정면으로 받아 냈으니 그 타격이 없을 리 만무했다. 하물며 그 강기를 날린 상대가 십천야의 일원인 반조였으니 파괴력은 굳이 설명할 필요조차 없었다.

백아린은 다시금 이마로 흐르는 피를 가볍게 닦아 냈고, 그런 그녀를 보며 한천이 표정을 찡그렸다.

"으, 우리 대장 고운 얼굴을 이리 다쳐서 어쩝니까?"

"됐다니까 그러네."

백아린의 말에도 주변을 두리번거리며 한천이 다시 입을 열었다.

"대장을 이렇게 만든 놈들 어디 있습니까?"

"다 도망쳤어."

"그걸 그대로 놓칠 대장이 아니잖아요."

"제대로 속아 버려서 말이야."

반조가 날린 그 구슬에서 쏟아져 나온 연기는 보통의 것이 아니었고, 그 때문에 도망치는 두 사람을 잡지 못했다.

주란과 반조를 완전히 놓친 지금 남아 있는 거라곤 이곳에 남아 있는 화접들의 시신뿐이었다.

주변을 둘러보던 단엽이 입을 열었다.

"보통 놈이 아니었나 본데."

싸움의 흔적만으로도 이곳에서 어떠한 일이 벌어졌는지 얼추 머리에 그려졌다. 갈라져 있는 땅들과 주변을 휘몰아친 후폭풍의 흔적들이 꽤나 강렬했다.

그리고 이곳에 남겨져 있는 흔적들은 이 싸움에서 버텨낸 백아린의 실력 또한 엄청나다는 걸 말해 주고 있었다.

단엽이 백아린과 한천을 번갈아 보며 고개를 갸웃했다.

'대체 어떻게 적화신루에 저런 고수가 둘이나 있는 거지?'

단엽이 이해가 안 간다는 표정을 짓고 있는 그때 천무진이 입을 열었다.

"여기서 떠들지들 말고 우선 거처로 돌아가야 할 것 같은데. 말대로 상처도 있으니 치료부터 받아야지."

"그럽시다, 대장. 어서 가죠."

"이 정도로 안 죽어. 그보다 먼저 뒷정리부터 해야지."

백아린의 시선에는 쓰러져 있는 화접들이 가득 차 있었다.

주란을 따라왔던 그녀들.

백아린의 손에 죽은 이들도 있었지만, 그녀를 죽이기 위해 날렸던 반조의 강기에 휩쓸려 목숨을 잃은 이들도 상당했다.

지금은 그런 이들의 시신을 수습하는 것이 가장 급선무였다.

뒷정리라는 말에 단엽이 물었다.

"뒷정리라니? 누가 남은 거야? 싸움이라면 내가 대신해주지."

격한 싸움의 현장을 보는 것만으로도 몸이 달아올랐는지 그가 말했다. 그러자 백아린이 픽 웃으며 고개를 저었다.

"아쉽게도 네가 좋아하는 싸움은 아니네."

"에이, 뭐야. 그럼 뭔데?"

"이 시신들을 처리해야지. 그리고 혹시나 이 여인들의 얼굴을 아는 누군가가 있는지 찾을 생각이야."

얼굴을 알아보기 힘들 정도로 부상을 입은 이들을 제외한 나머지 사망자들은 용모파기를 만들어 둘 생각이다. 그리고 그걸 가지고 조사를 해서 이 여인들의 신분을 밝혀낼 생각인 거다.

한천이 물었다.

"지금 이 몸으로 적화신루에 가시려는 겁니까?"

"응, 이 시신들도 그렇지만, 오늘 싸움으로 알게 된 게 조금 있거든. 새로운 정보를 기반으로 해서 의뢰를 해야 할 것도 좀 생겼고."

"새로운 정보라니?"

옆에서 천무진이 물어 오자 백아린이 가볍게 어깨를 으쓱하며 말을 받았다.

"별건 아니에요. 그냥 그들이 스스로를 십천야라 칭하더군요."

"십천야?"

"정확하게는 모르겠지만 열 명이나, 열 개의 단체로 구성되었다는 뜻이 아닐까 싶긴 한데…… 혹시나 그와 비슷한 이름을 지녔거나 아니면 연관성이 있는 단체를 찾아보려고요."

"그렇군. 십천야라……."

왠지 익숙한 이름에 천무진이 나지막이 중얼거렸다.

아마도 과거의 삶에서 들어 본 적이 있는 이름인 듯싶었다. 완벽하지 못한 과거 기억의 조각들 사이에 남겨져 있던 이름이었기에 어렴풋이 뭔가가 떠오를 듯 말 듯한 느낌이었다.

백아린이 땅에 박아 두었던 대검을 다시금 둘러메며 말했다.

“어쨌든 사정이 이러니 잠깐 적화신루에 다녀올게요. 이후의 이야기는 그때 하도록 해요. 해가 뜨면 시신들 처리가 어려워질 수 있어서요.”

말을 마친 그녀가 성큼 움직이려 할 때였다.

한천이 서둘러 뭔가를 말하려 했지만, 그보다 먼저 천무진이 입을 열었다.

“시신을 정리한다는 건 좋은 생각이지만, 지금 당신이 움직이는 건 그다지 좋지 못한 계획인 것 같은데.”

“이건 제 일인 걸요.”

“그건 당신 생각이고. 주변 사람들 생각은 좀 다른 거 같아서 말이야.”

말과 함께 천무진이 슬쩍 옆에 있는 한천을 향해 고갯짓을 했다.

백아린이 불만 가득한 표정을 짓고 있는 한천의 얼굴을 확인하는 걸 보며 천무진이 말을 이었다.

“아무리 봐도 다른 사람들은 당신이 좀 쉬었으면 하는 것 같군그래.”

"하지만……."

"그 의뢰는 부총관 혼자서도 할 수 있잖아. 그렇지?"

"물론입니다. 이번 일의 뒤처리는 제가 알아서 하죠. 그리고 이곳에 있는 시신들은 저희 쪽 사람들이 올 때까지만 단 소협이 잠시 지켜 주면 될 것 같습니다."

"좀 귀찮긴 하지만 이 정도야 돕지 뭐. 어려운 건 아니니까."

단엽 또한 고개를 끄덕이며 한천의 말을 받았다.

생사를 오갈 정도의 큰 부상이 아니라고는 해도, 분명 그냥 놔둘 정도로 가벼운 상태도 아니었다.

세 사람이 모두 이렇게 나오자 백아린은 결국 두 손을 들 수밖에 없었다.

"그래요. 그럼 여긴 두 사람한테 맡기고 전 돌아가도록 할게요. 됐죠?"

백아린이 뜻을 접자 한천이 한결 가벼운 표정으로 고개를 끄덕였다.

그러자 천무진이 이내 입을 열었다.

"그럼 부총관이 적화신루에 의뢰하고, 단엽 네가 이곳을 맡도록 해. 난 백아린을 데리고 의원한테 들렀다가 갈 테니까."

"거처로 가면 남윤 영감님도 계신데 굳이 의원까지……."

백아린이 괜찮다며 손사래를 치는 그때였다.

천무진이 보다 목소리에 힘을 주며 자신의 생각을 전했다.

"잔소리 말고 그냥 따라와. 영감이 실력이 있긴 하지만 그래도 이곳 성도에 있는 유명한 의원에게 가는 게 나아."

"대장, 그렇게 하도록 하죠."

옆에서 한천까지 거들고 나오자 백아린은 못 이기겠다는 듯 고개를 끄덕였다.

상황이 정리되자 모두는 각자의 역할을 위해 자리를 잡았다.

천무진과 백아린이 떠나기 직전.

옆으로 다가온 한천이 다친 그녀의 상태를 다시금 확인하며 투덜거렸다.

"조심 좀 하고 다니라고요. 어디 가서 다치고 다니지 말고. 이래 가지고 불안해서 어디 내놓겠습니까?"

"누굴 어린애로 알아?"

"어린애면 차라리 다행이죠. 다 커 가지고 이리 다치고 다니니 걱정이 안 됩니까?"

한천이 쏟아 내는 투덜거림을 들으며 백아린은 도리어 피식하고 웃음을 흘렸다.

이 모든 잔소리가 자신에 대한 진정 어린 걱정에서 나온 것임을 너무도 잘 알기 때문이다. 그런 그녀의 모습을 보며 한천이 불만스럽게 말했다.

"웃긴 왜 웃으십니까."

"이렇게 잔소리 듣고 있으니 옛날 생각이 좀 나서."

"참내, 하여튼 변한 게 없으시다니까."

마찬가지로 가볍게 웃음을 흘려 보인 한천은 이내 옆에 있는 천무진을 향해 말했다.

"알아서 잘하시겠지만, 우리 대장 잘 부탁드리겠습니다."

천무진은 고개를 끄덕였다.

그러고는 이내 옆에 있는 백아린을 향해 말했다.

"가지."

그렇게 한천은 두 사람이 사라지는 뒷모습을 하염없이 바라보고만 있었다.

그런 그를 향해 단엽이 말을 걸었다.

"어이 한천. 계속 뭐 하고 있어? 안 갈 거야?"

"……가야죠."

말을 마친 한천이 씨익 웃어 보였다. 가늘게 뜬 눈을 한 그가 단엽을 향해 말했다.

"그럼 이곳은 맡기고 다녀오도록 하겠습니다."

곧바로 몸을 돌리고 멀어지는 한천을 바라보던 단엽이 팔짱을 끼고 있던 손을 풀며 머리를 긁적였다.

그가 나지막이 중얼거렸다.

"아무래도…… 단단히 화가 난 모양이네."

* * *

한천은 익숙하게 한 장소를 찾아 모습을 드러냈다. 사천성 성도에 있는 꽤나 이름난 포목점이었다.

시간이 아직 새벽인지라 문은 굳게 닫혀 있었기에 한천이 문고리를 잡고 안쪽에 신호를 보냈다.

쿵쿵.

문을 두드리는 소리가 나고 얼마 되지 않아 안쪽에서 기척이 느껴졌다. 그리고 이내 졸린 눈을 한 삼십 대 중반 정도 되어 보이는 사내가 문을 열며 모습을 드러냈다.

장현(裝峴)이라는 이름의 사내로 적화신루 성도 지역의 거점을 관리하는 인물이었다.

"하암, 누구……."

눈을 비비던 장현은 곧바로 한천을 알아보고는 군말 없이 들어올 수 있도록 문을 조금 더 열어 주었다. 한천이 안으로 들어간 직후에야 그는 문을 걸어 잠그며 뒤로 따라붙었다.

한천이 웃으며 말했다.

"미안하군. 잠을 방해한 건가?"

"뭐 괜찮습니다. 저희 같은 이들에겐 익숙한 일이니까요."

장현이 실실 웃으며 대꾸했다.

정보 집단의 일원으로 살며 이런 일은 꽤나 비일비재했으니까.

장현이 문득 생각난 듯 물었다.

"그런데 오늘은 혼자십니까? 총관님은 어디 계시고요."

이곳 성도 거점을 찾아올 때는 대부분 둘이 함께였다. 백아린 혼자 찾아오는 일도 종종 있었지만, 반대로 한천 홀로 이렇게 나타나는 경우는 드물었다.

"우리 대장이 좀 다쳤거든."

한천의 말에 장현이 움찔하며 물었다.

"혹시 큰 부상이십니까?"

"가볍지는 않은데 그렇다고 해서 움직이지 못하거나 할 정도는 아니야. 상처 덧날까 봐 의원을 찾아가시게 하고 혼자 온 거야."

"휴, 그나마 다행이군요."

한천의 말에서 백아린의 부상이 생사를 오갈 정도로 큰 것은 아니라는 걸 안 장현이 안도의 한숨을 내쉬었다.

포목점의 안쪽까지 들어선 상황인지라 한천이 자연스레 이곳에 온 목적으로 대화를 이어 갔다.

"오늘 여기에 온 것도 그것과 관련해서야. 우리 대장을 건드린 놈들을 좀 찾아야 할 것 같아서."

"뭔가 단서가 있습니까?"

"우선은 건드렸던 놈들의 시신들이 남아 있어. 얼굴 확인하고 용모파기 완성해서 주변에 쫙 돌려. 어떻게든 찾아야 할 테니까."

"그거야 어렵지 않죠."

"그리고…… 십천야라는 이름을 지닌 놈들에 대해 알아봐 줬으면 해."

"십천야요?"

처음 듣는 이름에 장현은 고개를 갸웃했다.

중원에 있는 꽤나 많은 단체들의 이름을 아는 그였지만 그 안에 십천야라는 자들은 없었다.

장현의 표정을 응시하던 한천이 작게 말했다.

"역시나 모르는 모양이군."

"예, 들어 본 적 없는 이름입니다."

"그리 쉽게 찾을 수 있는 놈들은 아닐 거야. 십천야라는 이름과 관련 있을 법한 단체나, 상징적인 뭐라도 좋으니 전부 조사해 봐. 중요한 일이니 서둘러 줬으면 좋겠고."

"예, 그리하지요."

"잠 방해해서 미안하고. 부탁한 일 끝내고 좀 더 쉬도록 해.”

“그럴 여유가 있을지 모르겠지만 그렇게 해 보도록 하죠.”

“이 기회에 봉급이라도 좀 올려 달라고 해. 자네가 하는 일이 얼만데.”

어깨를 툭툭 치며 건네는 한천의 농담에 장현이 웃음을 터트렸다. 언제나 유쾌한 한천이었기에 두 사람은 어느덧 꽤나 친해져 있었다.

말을 끝내고 막 몸을 돌리려던 한천이 갑자기 움직임을 멈추어 서더니 입을 열었다.

“아 참, 이 말을 빼먹을 뻔했네. 십천야에 대한 정보가 들어오면 우리 대장 말고 나한테 먼저 말해 달라고.”

“왜 그러십니까?”

평소와는 다른 요구에 장현이 물었다.

그런 그의 질문에 한천이 환하게 웃으며 말을 받았다.

“왜긴, 그냥…… 우리 대장을 건드린 그놈들의 면상이 궁금해서 말이야. 내가 먼저 좀 보고 싶어서.”

웃고 있는 한천과 마주하고 있던 장현은 움찔했다.

분명 평소처럼 웃고 있는 것처럼 보였지만…… 소름이 오싹 돋았다.

얼굴 가득 미소를 머금고 있었거늘 신기하게도 눈만큼은 웃고 있지 않았으니까.

이곳 사천에 자리를 잡은 이후 계속해서 보아 온 이들. 이제는 한천에 대해 어느 정도 안다고 생각했는데…… 그것은 장현의 착각이었던 듯싶었다.

지금 눈앞에 있는 이 사내가 그간 자신이 알아 왔던 그 한천과 동일 인물이라는 것이 믿기지 않았으니까.

한천의 손이 장현의 어깨로 다가왔다.

가볍게 어깨를 두드리는 그 손길에도 움찔 놀란 그를 향해 한천이 여전히 웃는 얼굴로 말을 이었다.

"부탁할게. 알았지?"

마른침을 꿀꺽 삼킨 장현이 자신도 모르게 고개를 마구 끄덕거렸다.

7장. 위기의식
— 그럴 리야 없겠지

휘장 너머 인물의 오늘 하루는 무척이나 만족스러웠다. 원하던 계획 하나가 완벽하게 마무리되며 자신이 꿈꾸고 있는 미래로 한 발자국 다가선 날이었기 때문이다.

거기다 선선한 날씨가 낮잠을 자기에도 무척이나 좋은 날이었다.

완벽했던 하루.

그렇지만 그 하루가 망가지는 건 순식간이었다.

그자의 목소리가 파르르 떨려 왔다.

"실패라고?"

"……면목 없습니다. 어르신."

주란이 무릎을 꿇은 채로 고개를 조아렸다.

한눈에 봐도 주란의 상태는 좋지 못했다. 핏기 없는 얼굴과 불편해 보이는 거동은 그녀가 큰 부상을 당했다는 걸 말해 주고 있었다.

그런 그녀를 바라보던 어르신이라는 존재가 믿기지 않는다는 듯 말했다.

"믿을 수가 없군. 네가 실패를 하다니."

다른 이도 아닌 십천야의 일원인 주란이 직접 움직였다. 거기다가 그녀가 다친 모양새를 보아하니 직접 나선 것도 자명한 사실, 그런데 실패를 했단다.

이 사실을 대체 어떻게 받아들여야 할까.

그가 물었다.

"천무진에게 당한 것이냐?"

물어 오는 질문에 주란은 일순 말문이 막혔다.

차라리 천무진에게 당했다면 이렇게까지 분하지는 않았을 게다. 허나 자신을 막아선 건 고작 적화신루의 사총관. 무림에 이름조차 별로 알려지지 않은 그런 애송이에게 당해 버렸다.

쉽사리 말문이 열리진 않았지만, 그가 미적거리는 걸 싫어한다는 사실을 알기에 주란이 힘겹게 입을 열어 진실을 말했다.

"아뇨, 저희의 표적이었던 백아린에게 당했습니다."

"……농담하는 게냐?"

"누구의 앞인데 농담이나 지껄이겠습니까. 정말로 그 여자에게 당했습니다."

"지금 나보고 네가 직접 나섰는데도 불구하고 적화신루의 일개 총관에게 패했다는 말을 믿으라고?"

"네 믿기 어려우시겠지만…… 그게 사실입니다."

쾅!

참지 못하겠는지 휘장 안의 그림자가 손으로 옆에 있는 의자를 내려쳤다. 순식간에 의자의 손잡이가 박살이 나며 주변으로 충격파가 터져 나왔다.

펄럭!

휘장이 펄럭이는 것과 동시에 무릎을 꿇고 있던 주란의 몸 또한 뒤로 밀려 나갔다. 빠르게 날아가 벽에 박히려는 찰나, 그녀를 잡아챈 건 다름 아닌 반조였다.

반조의 손이 그녀의 어깨를 감싸 안으며 벽에 틀어박히려는 걸 막아 줬다.

그러고는 이내 어깨를 감쌌던 손을 풀며 씩 웃어 보였다.

"어르신, 진정하시죠."

"지금 진정하게 생겼더냐! 대체 무슨 멍청한 짓을 벌였기에 적화신루의 사총관 따위에게 십천야가 지고 돌아온단 말이야!"

"뭐 그냥 그렇게 단순히 비교하시면 기가 차시겠지만…… 그 여자 생각 외의 고수였습니다."

"생각 외의 고수? 겨우 그걸로 이번 패배에 대해 날 납득시킬 수 있다 생각하느냐?"

"그럼 이건 어떻겠습니까?"

반조가 성큼 앞으로 한 걸음 나아가며 말을 이었다.

"그 여자가…… 저와 비슷한 급의 고수라면요."

"……."

반조의 그 한마디에 휘장 안에서 휘몰아치던 성난 기운이 갑자기 잦아들었다.

방 안은 고요해졌고, 그 순간 충격파에 밀려났던 주란이 가슴을 움켜쥔 채로 가볍게 피를 토해 냈다.

주르륵.

입가를 타고 흐르는 피.

버럭 내지르는 호통만으로 주란의 내상을 다시금 들끓게 만드는 수준의 무공을 지닌 인물.

그만큼 이 안의 상대가 강하다는 의미였다.

침묵이 이어지던 중 휘장 안에서 다시금 목소리가 흘러나왔다.

"지금 그 말 진심이냐?"

"네, 객관적인 판단으로 보자면 멀쩡한 상태에서 일대일로 마주했을 때 제가 이길 확률은 육 할 정도일 겁니다."

자신이 살짝 더 우위라고 말하고는 있었지만, 휘장 안의 인물은 그것만으로도 충분히 백아린이라는 여인의 강함을 체감할 수 있었다.

반조는 십천야에서도 손꼽히는 고수. 그런 그가 승산을 육 할 정도로 잡는 수준이라면 애초에 주란의 상대가 아니었다.

허나…… 이해가 되지 않았다.

"적화신루에 그런 고수가 있다고? 그것도 그렇게 어린 계집이?"

그때 솟구치던 피를 억누르고 있던 주란이 힘겹게 입을 열었다.

"그 계집이 검왕의 무공을 사용했어요."

"뭐? 검왕? 검왕 한신의 무공을 썼다고?"

"네, 나선형의 강기 일곱 개를 자유자재로 쏟아 내더군요. 그건 분명 검왕의 나선칠선파였어요."

"그럴 리가…… 검왕에게 제자가 있었단 말인가?"

제자를 들이지 않았다고 알려진 검왕 한신이다.

그런 그의 무공이 다시 나타난 것도 놀랄 일인데, 그걸 사용한 당사자가 적화신루의 총관이란다.

이 상황을 어떻게 받아들여야 할지 쉽사리 답이 나오지 않았다.

그때 주란이 말했다.

"저희의 정보는 싹 잘못됐어요. 단엽의 암살을 실패한 것도, 그리고 이번 일의 실패도 거기서 시작된 거죠. 애초에 그 여자의 등급을 육 급으로 분류했던 게 문제였어요. 최소 사 급, 최악의 경우 삼 급으로까지 올려야 할 대상이에요. 이번 기회에 저희 정보 단체를 다시금 정비해야 할 필요가 있다고 판단돼요."

그녀의 말이 끝나는 순간이었다.

마찬가지로 이 공간 안에 함께 자리하고 있던 누군가가 입을 열었다.

"지금 나한테 핑계를 돌리는 건가?"

말을 내뱉는 이는 사십 대 중반은 되어 보이는 사내였다.

거칠어 보이는 외향은 흡사 투견을 연상케 했고, 성난 눈동자와 야수와도 같은 기운은 그가 무척이나 거친 성격을 지녔다는 걸 보여 주는 것만 같았다.

그의 이름은 상무기(常武沂).

십천야의 일원으로 정보 단체를 이끌고 있는 인물이었다. 그리고 상무기가 이끄는 정보 단체는 다름 아닌 귀문곡(鬼問谷)이었다.

중원을 대표하는 네 개의 정보 단체 중 하나.

귀문곡은 이미 예전에 이들의 손에 들어와 있는 상태였다.

싸늘한 상무기의 말에도 주란은 지지 않고 시선을 마주한 채로 휘장 너머의 상대에게 할 말을 이어 나갔다.

"적어도 이번 일의 실패는 저만의 책임은 아니라고 생각해요. 백아린에 대한 정보가 조금이라도 더 제대로 파악돼 있었다면 최소한 화접의 일부만 끌고 상대하러 가지는 않았을 테니까요. 그 모든 건 정보가 틀렸기 때문에 벌어진 일이죠. 그랬기에 실패에 대한 책임의 일정 부분은 귀문곡에 물어야 한다고 생각해요."

"개소리. 어디서 실패해 놓고 책임 전가야?"

상무기가 살기를 토해 내자 곧바로 주란이 받아쳤다.

"그럼 그따위 정보를 줬는데 내가 뭘 하는 게 말이나 돼?"

"네가 모자랐으니 이런 꼴이 났지. 만약에 나였다면……."

"상무기 네가 갔어도 달라지는 건 없었을걸. 네가 나보다 강하다면 모를까."

옆에 서 있던 반조가 픽 웃으며 받아쳤다.

반조까지 이렇게 나오자 상무기는 표정을 확 구겼다. 같은 십천야긴 하지만 무공에 한해서는 자신보다 윗선에 있는 것이 반조였고, 그런 그의 말을 쉽사리 무시해 넘기긴 어려웠다.

그렇게 세 사람이 서로를 노려보고 있는 그 순간 휘장 속에서 목소리가 터져 나왔다.

"조용!"

그의 일갈에 뭔가 말을 하려던 주란과 상무기가 동시에 입을 닫았다.

더 상관의 심기를 건드렸다가는 좋지 못한 꼴을 볼 거라는 사실을 잘 알았기 때문이다.

조용해진 공간 안에서 그가 다시금 입을 열었다.

"주란의 말이 틀리지는 않다."

"하오나……."

"아직 내 말이 끝나지 않았다, 상무기!"

변명을 하려던 상무기가 화들짝 놀라 입을 닫았다.

급히 그가 고개를 조아릴 때 휘장 안에서 목소리가 흘러나왔다.

"분명 잘못된 정보였으니 임무를 완수하는 데 무리가 따랐겠지. 하지만 그렇다고 해서 실패가 용납되는 건 아니다. 너희는 십천야니까. 너희는 그 어떠한 상황에서도 실패를 하면 안 된다. 그러기 위해 만들어진 존재들이 아니더냐."

"……죄송합니다."

주란 또한 고개를 숙이며 용서를 구했다.

말대로 어떠한 상황에서든 성공을 시켰어야만 했다. 그것이 십천야라는 이름을 가진 자신들의 숙명이었다.

휘장 안의 인물이 말했다.

"상무기, 주란의 말대로 이번 기회에 귀문곡의 정보 체계를 다시금 정비해라."

"알겠습니다."

"특히나 천무진 일행에 대한 정보들을 더 모아야 할 게야. 단엽도 그랬지만 백아린이라는 그 계집도 생각 외의 고수였으니까."

"그리하도록 하지요."

내키진 않았지만, 상무기는 빠르게 답했다.

더는 어르신의 심기를 거스르지 않기 위해서다. 그리고 한편으로는 자신들의 정보가 틀렸다는 사실에 화가 나면서도 독기가 치솟고 있었다.

일단 상황을 정리해 명령을 내렸지만, 휘장 안 인물의 심기는 무척이나 복잡했다.

천무진을 견제하기 위한 비책들은 연달아 실패로 돌아갔고, 반대로 그는 자신들의 중요 거점들을 하나씩 건드리기 시작했으니까.

그 피해가 점점 커져만 가고 있었다.

거기다 상대의 세력이 생각보다 훨씬 큰 상황.

그가 입을 열었다.

"생각보다 귀찮게 됐구나."

삼 급으로 분류했던 천무진.

그리고 사 급이었던 단엽까지. 하지만 일전에 암살에 실패하며 그 등급에 대한 의문이 들어 있는 상태였다. 그랬기에 등급을 상향 조절해야 하는 찰나 또 하나의 방해 거리가 나타났다.

최소 사 급에서, 삼 급까지 예상되는 존재.

백아린이다.

그 말은 곧 정말 만약에라도 단엽 또한 자신들의 예상보다 더 강하다면 삼 급에 해당되는 무인 셋이 손을 잡았다는 말이 되는데…….

이 정도 무력이라면 아무리 자신들이라고 해도 무시할 수 없는 수준이 되고야 만다.

정보 수정과 함께 천무진 일행이 생각지도 못한 거대 세력이 되어 버린 바람에 잠시 고심하던 그가 이내 뭔가를 기억해 내고는 물었다.

"그 셋 말고 한 놈이 더 있었는데. 맞나?"

질문에 상무기가 빠르게 답했다.

"예, 백아린의 부총관인 한천이라는 작자가 한 명 더 있습니다.”

“설마 그놈도 뭔가 있는 건 아니겠지?”

뭔가가 찜찜하다는 듯 물어 오는 어르신의 물음에 상무기가 그럴 일 없다는 듯 고개를 저었다.

“그럴 리가 있겠습니까. 그자는 오른팔도 잘 못 쓴답니다. 나이를 먹고도 명성이 고작 그 정도라면 굳이 저희들이 경계해야 할 정도로 위험한 수준은 아닐 겁니다. 거기다가 그자에 대한 정보는 생각보다 많은데, 술 마시는 걸 좋아하고 성격도 유들거리는 것이 사람과 잘 어울린답니다. 아마 그 때문에 부총관으로 데리고 다니는 듯싶습니다. 그래도 혹시 모르니 더 알아보기는 하겠습니다.”

상무기의 대답에 휘장 안의 인물이 고개를 끄덕였다.

상무기의 말대로다.

종종 실력을 쌓고 무림에 갑자기 모습을 드러내는 고수들은 있었지만, 이렇게 오랜 시간 무림에 몸담고 있으면서도 전혀 두각을 드러내지 못한 인물이 엄청난 실력을 가지고 있을 확률은 없다고 봐도 무방하다.

실력을 감췄다고 해도 어딘가 흔적이 남아 있어야 했다.

허나 한천에게서는 아무런 흔적이 없었다.

그저 정말 평범한 한 명의 무인, 딱 그 정도일 뿐이었다.

그랬으니 귀문곡에서도 그에 대해서는 특이 사항이 없다며 무척 낮은 평가를 내린 것이겠지.

안 좋은 소식이 연달아 들려와서였을까?

이것저것 괜한 걱정이 많아져 버렸다.

왠지 모를 불안감을 애써 지우며 그가 나지막이 중얼거렸다.

"그래…… 그럴 리야 없겠지."

*　*　*

백아린이 십천야의 주란과 반조와 싸운 지 며칠 정도의 시간이 흘렀다.

좋은 약과, 하루 종일 쉬라며 들들 볶아 대는 주변 사람들 때문에 어쩔 수 없이 푹 휴식을 취한 그녀의 회복 속도는 상당히 빨랐다.

자잘한 외상 몇 개만 아물면 될 정도로 회복한 지금 백아린은 오랜만에 외출에 나섰다. 그런 그녀의 옆에는 한천이 딱 달라붙어 있었다.

아침 일찍 움직이는데도 불구하고 곧바로 따라붙은 한천을 보며 백아린이 신기하다는 듯 말했다.

"웬일이야. 맨날 어떻게 하면 자기는 집에서 놀까 궁리

만 하던 사람이."

"허허, 제가 언제 그랬다고 그런 섭섭한 말씀을 하십니까. 언제나 이렇게 딱 붙어서 호위하지 않았습니까."

눈을 부라리며 주변을 두리번거리는 한천을 보며 백아린은 픽 웃었다. 그가 지금 왜 이런 행동을 하는지 누구보다 잘 알아서다.

자신을 홀로 보냈던 그날의 일 때문에 마음이 쓰이는 게 분명했다.

백아린이 말했다.

"평소처럼 해. 괜히 그러지 말고."

"뭐가 말입니까?"

"그날 날 안 따라온 건 내가 그냥 쉬고 있으라고 명령을 해서잖아. 부총관 잘못 아니라고."

"……무슨 말씀이신지 잘 모르겠는데요. 제가 그거 때문에 뭐 미안해서 이러는 줄 아십니까. 전혀 아닌데요."

다 맞으면서도 한천은 아닌 척 딴청을 피웠다.

이런 부분에 있어서는 항상 모르쇠로 일관하는 그라는 걸 알기에 백아린 또한 더는 추궁하지 않았다. 어차피 굳이 말하지 않는다 해도 그의 마음은 다 알고 있었으니까.

그렇게 두 사람이 도착한 곳은 바로 성도에 있는 적화신루의 거점이었다.

포목점으로 위장한 그곳으로 찾아간 백아린과 한천을 관리자인 장현이 반갑게 맞았다.

“좀 다치셨다고 들었는데 몸은 괜찮으십니까?”

은밀한 장소까지 도착하자 장현은 백아린에게 몸 상태부터 먼저 물었다.

그의 물음에 백아린이 가볍게 고개를 끄덕이며 답했다.

“보다시피 멀쩡해요.”

“정말 다행입니다. 그리고 마침 드릴 정보가 하나 있었는데…….”

말을 하던 장현은 자신도 모르게 슬그머니 한천의 눈치를 살폈다. 일전에 십천야에 대한 정보가 들어오면 백아린 말고 자신에게 먼저 알려 달라고 한 일이 있어서다.

역시나 한천은 의미심장한 표정으로 그를 바라보고 있었다.

장현이 서둘러 말했다.

“개방에서 온 연락입니다.”

전달하려던 정보가 십천야에 관련된 것이 아니라 개방에서 온 내용이란 걸 알게 된 한천은 그제야 슬쩍 표정을 풀었다.

그렇게 둘 사이에 미묘한 감정들이 오가는 사이 백아린은 건네받은 서찰을 펼쳐 안에 있는 내용들을 읽어 내려갔다.

어느덧 장현에게서 관심을 끊은 한천이 힐끔 서찰을 훔쳐보며 말했다.

"무슨 내용입니까?"

옆에서 궁금하다는 듯 물어 오는 한천을 향해 백아린이 힐끔 시선을 돌렸다.

그녀가 말했다.

"개방 방주께서 보내온 답변."

간단하게 답변한 그녀는 이내 서찰을 품 안에 집어넣으며 말을 이었다.

"아무래도 조만간 바빠질 것 같네."

개방 방주 장량과 적화신루의 루주인 백아린의 만남.

그 날짜가 잡혔다.

*　　*　　*

개방 방주 장량과 적화신루 루주의 만남은 대내외적으로 비밀로 정해져 있었다.

약속된 장소에 참석할 수 있는 인원은 각 세력당 단 두 명.

장소와 시간을 적화신루 쪽에서 먼저 제안했고, 그중에서 가장 괜찮은 걸로 장량이 선택해 답신을 한 상태였다.

그렇게 정해진 두 세력 간의 만남.

오늘의 약속 장소로 정해진 곳은 사천성 성도에서 조금 벗어나 북쪽으로 가다 보면 있는 자그마한 가옥 한 채였다.

가옥은 오랫동안 누구의 손도 타지 않았는지 외부는 엉망이었지만 내부는 조금 달랐다.

오늘의 만남을 사전에 준비해서인지 내부는 깔끔하게 정리되어 있었다. 거기다가 다소 특이한 점은 한쪽에 검고 두터운 천이 길게 늘어져 있다는 것이었다.

이건 백아린이 자신의 정체를 드러내지 않기 위해 사전에 준비한 물건이었다.

적화신루의 루주로 장량과 마주하기는 하지만, 그렇다고 해서 정체를 드러내 줄 생각은 없었다.

정체를 감추고 장량을 마주할 생각이었기에 이 가옥에 먼저 도착한 건 백아린이었다. 그녀가 한천만을 대동한 채 가옥 안으로 들어섰다.

미리 준비된 공간에서 백아린은 자신의 자리에 앉았다.

"흠흠."

가볍게 목을 가다듬는 그녀의 입에서 놀랍게도 평소와는 완전히 다른 걸쭉한 사내의 목소리가 흘러나왔다.

백아린이 옆에 자리하고 있는 한천을 바라보며 말했다.

"부총관 내 목소리 어때?"

"완벽합니다."

백아린 정도 되는 무인에게 목소리를 바꾸는 건 그리 어려운 일이 아니었다.

거기다가 이렇게 시야를 완벽히 가리는 천막까지 자리하고 있으니 장량 또한 직접 마주한다 해도 그 상대가 백아린일 거라고는 전혀 예상치 못할 것이다.

백아린의 준비가 끝나자 이번에는 한천이 가져온 물건들을 주섬주섬 꺼냈다.

가장 먼저 입 부분을 가릴 만한 검은 복면을 썼고, 그걸로 모자랐기에 죽립을 써서 얼굴 대부분을 가렸다.

한천까지 얼굴을 가려야 하나 다소 고민을 하긴 했지만 이런 중요한 자리에 루주의 호위로 그가 나온다는 사실도 조금 이상해 보였고, 혹여나 모를 만약의 사태를 대비하기 위해서는 보다 확실한 게 낫다 판단하여 이 같은 결정을 내린 것이었다.

마찬가지로 목소리를 바꾼 채 한천이 입을 열었다.

"아아, 이 정도면 될까요?"

"평소 까불거리는 목소리보다 훨씬 좋은데?"

"그게 무슨 소리십니까. 제 원래 목소리가 훨씬 낫죠."

억울하다는 듯 한천이 곧바로 대꾸했다.

하지만 백아린은 못 들은 척 손을 휘휘 저으며 말을 받았다.

"됐고, 나가서 먼저 자리나 잡고 있어. 손님 받을 준비해야지."

"벌써요?"

"우리도 빨리 왔잖아. 그쪽도 뭔가 생각이 있을 수 있으니까."

"알겠습니다. 그럼 나타나면 곧바로 이곳으로 모셔 오도록 하죠."

"부탁할게."

"그럼 이만."

말을 마친 한천이 빠르게 뒷문을 통해 바깥으로 빠져나갔다. 약속 시간까지는 무려 한 시진 이상 남아 있는 상황, 그렇지만 백아린은 모든 일에 대비하고 있었다.

그리고 그녀의 예상대로 약 반 시진 가까이가 지났을 무렵 가옥의 입구 쪽으로 두 명의 사내가 다가오고 있었다.

선두에서 싱글벙글 웃으며 걸어오는 이는 바로 개방의 방주 장량이었다.

그리고 그런 그의 뒤를 쫓는 다소 사나운 인상의 거지는 종삼(鍾三)이라는 이름을 지닌 개방의 분타주 중 하나였다.

헥헥거리며 뒤쫓는 종삼을 향해 장량이 말했다.

"이놈 종삼아, 뭐 이리도 느리냐."

"아니 제가 느린 게 아니라 방주님이 급히 가신 거 아닙니까. 약속 시간이 이리도 남았는데 뭐가 그리 급하십니까?"

"하여튼 누가 거지 아니랄까 봐 게을러 빠져 가지고. 약속 시간에 딱 맞춰 가는 게 어디 예의겠느냐. 먼저 가서 기다리고 할 줄도 알아야지."

"참내, 언제부터 예의가 있으셨다고……."

"뭐라고?"

허리춤에 찬 타구봉을 어루만지며 묻는 장량의 모습에 종삼이 황급히 손을 휘저었다.

"별말 안 했습니다."

"분명 들었는데."

"나이를 들어서 헛것을 들으셨겠죠."

"그런가? 그런데 나이를 드니까 이상하게 자꾸 몸이 찌뿌둥하단 말이지. 어디다가 좀 풀어야 할 터인데……."

말과 함께 타구봉을 다시금 어루만지는 장량의 모습에 종삼은 땀을 삐질삐질 흘렸다.

그저 단순한 장난으로 치부하기에는 장량이라는 사내가 지닌 광기(狂氣)를 무시할 수 없어서다.

차마 앞에서는 말하지 못하지만, 뒤에서 이 사내를 가리켜 개방의 미친개라 부를 정도였으니 그 성격이 오죽 독특

하지 않을 수 없었다.

잠깐 종삼과 장난을 치던 장량이었지만 그의 신경이 향해 있는 곳은 뒤쪽에서 다가오는 누군가였다.

그리고 종삼 또한 그 존재에 대해 눈치챘는지 장난스러웠던 표정을 순식간에 지웠다.

그리고 매섭도록 서늘한 표정을 지어 보인 채로 다가오는 상대를 응시했다.

죽립에 복면까지 써서 얼굴을 완벽히 가린 상대.

한천이 두 사람에게 다가오고 있었던 것이다.

지척까지 다가선 한천이 발을 멈췄다. 그러고는 이내 바뀐 목소리로 입을 열었다.

"개방의 방주님이십니까?"

"그런데? 그런 질문을 하는 그쪽은 누구?"

타구봉을 어깨에 걸쳐 메며 장량이 히죽 웃었다.

알면서도 모르는 척 개방의 방주냐고 질문을 던졌던 한천은 이내 입을 열었다.

"적화신루의 루주님이 보내셔서 왔습니다. 안쪽까지 모시고 오라는 명을 받았습니다."

"그래? 루주께서는 생각보다 친절하신 사람인 모양이야."

"그럼 절 따라오시죠."

쓸데없는 말에 휘말릴 생각 없다는 듯 한천은 그 말을 끝으로 곧바로 몸을 돌렸다.

장량이 걸음을 옮기는 한천의 뒤를 쫓으며 말했다.

"가자."

장량의 말에 종삼 또한 그 뒤를 말없이 따라 걸으며 주변을 경계했다. 그리고 그건 비단 종삼뿐만이 아니었다.

수하 한 명만을 대동한 채로 만나게 된 자리.

아무리 약속이라고 해도 개방의 방주인 장량으로서는 모든 상황에 대비할 수밖에 없었다.

그랬기에 며칠 전부터 이곳 인근에 있는 모든 세력들의 움직임을 감시했다. 혹시라도 자신에게 뭔가 일이 생기는 경우를 사전에 방지하기 위함이다.

다행히도 별다른 움직임은 보이지 않았고, 그랬기에 정말 약속대로 단둘이 이곳에 모습을 나타낸 것이다.

허나 그렇다고 해서 끝까지 안심할 수 없는 상황.

장량 또한 주변에 숨겨져 있는 누군가가 없는지 계속해서 감각을 불러일으키고 있었다.

그렇게 도착한 가옥.

이곳에 도착할 때까지도, 그리고 이 안에서도 별다른 기척은 느껴지지 않았다.

문을 열고 먼저 안으로 들어선 한천이 짧게 말했다.

"들어오시죠. 기다리고 계십니다."

"그래? 이거야 원 기대가 되는군. 소문의 적화신루 루주를 만나 뵙게 될 줄이야."

적화신루는 개방보다 그 규모가 훨씬 작았지만, 특유의 신비스러움으로 널리 알려져 있었다. 특히나 세상에 모습을 드러내지 않는 적화신루의 루주에 대해서는 별별 소문이 다 있을 정도였다.

그런 소문의 당사자를 마주한다는 사실에 장량은 무척이나 설레는 눈치였다.

그렇게 장량이 먼저 방 안으로 한 걸음 들어섰을 때였다.

'음?'

장량의 시선에 자연스레 가옥 내부의 절반가량을 가르고 있는 검은 천막이 눈에 들어왔다.

몇 겹으로 둘렀는지 너무도 새카만 천막은 그 건너를 확인할 수 없게 만들어져 있었다. 그리고 천막 건너편에서 느껴지는 한 사람의 기척.

성큼 들어섰던 장량이 천막을 바라보며 입꼬리를 씰룩였다.

"이거야 원, 먼저 와서 기다리고 계셨군요. 늦은 점 사과의 뜻을 전하지요."

"그러실 필요 없습니다. 약속 시간은 아직 한참 남았으니까요. 제가 조금 일찍 온 것뿐이니 사과를 하실 필요는 없습니다."

"그리 생각해 준다면야 저야 고마운 일이지요."

말을 마친 장량은 가옥 내부를 가볍게 훑었다.

천막 너머까지는 알 수 없었지만 적어도 이곳에 있는 물건이라곤 그가 앉을 의자와 앞에 놓여 있는 탁자, 그리고 그 위에 올려 있는 찻잔이 전부였다.

마치 자리에 앉을 것처럼 의자가 있는 곳으로 움직인 장량이 탁자 위에 올라가 있는 찻잔을 어루만지며 입을 열었다.

"이곳에 오면 루주를 뵐 수 있을 줄 알았는데, 이거야 원, 보이는 건 새카만 천막뿐이군요."

"아시겠지만 적화신루의 루주는 무림에 얼굴을 드러내지 않습니다. 이해해 주시지요."

"뭐 그건 알고 있습니다만 평소 아무리 얼굴을 꽁꽁 감춘다고 해도 이 자리에서까지 그럴 필요는 없지 않습니까? 우리들만 있는 자리니까요."

"뜻은 알겠지만, 이것이 저희의 규칙입니다."

담담하게 백아린이 답했을 때였다.

찻잔을 어루만지던 장량이 그것에서 손을 떼며 퉁명스레 말했다.

"이렇게 천막을 놓고 대화를 하면 마치 저만 벌거벗겨진 듯한 기분이 들어서 말입니다."

말을 마친 그가 갑자기 천막을 향해 성큼성큼 다가갔다.

그러고는…….

"어디 얼굴 한 번 봅시다."

검은 천막을 움켜쥔 손이 막 움직이려는 찰나였다.

스윽.

귀신처럼 다가온 한천의 손이 장량의 손목을 움켜잡았다. 생각보다 훨씬 빠른 움직임에 들어선 직후부터 계속해서 한천을 견제하고 있던 종삼은 대응조차 하지 못한 상황이었다.

"감히 어딜……!"

뒤늦게 놀란 종삼이 달려오려 할 때였다.

장량이 손을 들어 올리며 수하인 그의 움직임을 막았다.

그러고는 말없이 자신의 손목을 움켜쥐고 있는 상대를 응시했다. 깊게 눌러 쓴 죽립과 입을 가린 복면 때문에 얼굴을 알 수는 없었지만…….

'……이자는 누구지?'

순식간에 거리를 좁히며 자신의 손목을 움켜잡는 움직임, 그리고 몸에서 풍겨져 나오는 기세가 보통이 아니다.

자신이 데리고 온 종삼이 어찌할 수 있는 상대가 아니었다.

그 순간 천막을 거두려 했던 장량의 손을 쥔 한천이 차갑게 말했다.

"여기서부터는 못 들어가십니다."

너무도 확고한 목소리에 장량이 피식 웃으며 되물었다.

"개방 방주인 나라도?"

"무림맹주님이 오셔도, 마교의 교주님이 온다 해도 달라지는 것은 없습니다. 이 너머는 그 누구도 들어가지 못합니다."

말과 함께 여전히 서늘한 기운을 풍겨 대는 한천의 모습에 장량은 직감했다.

이 검은 천막을 걷기 위해서는…… 목숨을 걸어야 한다는 것을.

이자는 결코 죽기 전까지 이 천막을 거두는 걸 용납할 상대가 아니었다.

장량은 쓴 입맛을 다셨다.

'치잇, 이건 바라는 바가 아니었는데.'

사실 장량 또한 정말로 이 천막을 벗기는 것이 목적은 아니었다.

벗길 수 있다면 좋고, 아니면 말고 정도의 생각을 한 채 이 같은 행동을 벌였다.

뭔가 일이 벌어진다 해도 그건 기 싸움 정도일 거라 예상했다.

그리고 그걸 통해 상대들의 실력을 파악하고 또 어떤 성향을 지녔는지 알아내서 대화를 유리하게 이끌어 나가려던 계획이었던 것이다.

어떤 결과가 나오든 자신에게 유리한 상황이 될 거라 생각했거늘, 아쉽게도 그런 장량의 계획은 초장부터 완전히 어그러졌다.

상대가 이렇게까지 강하게 나오고, 그걸 자신이 받아쳐 버린다면 결국 가벼운 기 싸움 정도로 끝나지 않을 일이 된다.

그렇다면 두 세력 간의 싸움으로 번질 수도 있다는 건데…….

개방이 적화신루에 비해 훨씬 큰 건 사실이었으나, 지금 이들과 다툴 생각은 전혀 없었다.

그리고 적어도 지금만큼은 적화신루에게 함부로 대하기 어려운 분명한 이유가 하나 존재했다.

바로 천룡성이다.

그들이 적화신루의 뒤에 있거늘, 이런 이유만으로 두 세력 간의 전면전을 벌일 수는 없는 노릇이었다.

장량은 물러날 때와 나설 때를 아는 인물이었다.

그랬기에 지금 여기서 조금 더 자존심을 세웠다가는 오히려 물러날 수 없게 된다는 사실도 잘 알았다.

아무런 것도 얻어 내지 못한 것이 다소 아쉽긴 했지만 장량은 천막을 쥐고 있던 손을 풀었다.

그가 천막을 놓자, 마찬가지로 손목을 움켜쥐고 있던 한천 또한 손을 풀며 뒤로 한 걸음 물러났다.

한천이 포권을 취하며 말했다.

"결례를 용서하시길."

"아니야, 됐어. 먼저 예의 없이 군 건 이쪽이니 사과는 내가 해야지."

말을 마친 장량은 오히려 천막을 향해 포권을 취하며 적화신루 루주로 이곳에 온 백아린에게 사과의 뜻을 전했다.

"다소 격한 행동이었다면 용서하시지요. 제가 생각이 짧았습니다."

빠른 사과에 천막 건너에 있던 백아린의 눈동자가 빛났다.

'역시 보통 인물은 아니야.'

개방이라는 이름을 짊어지고 있는 방주로서 선뜻 사과를 하는 일이 쉬운 건 아니었을 게다.

그럼에도 불구하고 이처럼 빠르게 사과를 건넨다는 것. 그건 상대가 생각보다 냉철한 머리를 지녔다는 걸 의미하는 것이었다.

천막으로 가려져 있긴 하지만 이미 건너편에서 벌어진 일에 대해 어느 정도 눈치를 채고 있던 그녀였다.

그럼에도 불구하고 요지부동할 수 있었던 건 역시나 한천의 존재 때문이었다.

그가 천막을 걷지 못하게 할 거라는 걸 너무도 잘 알았으니까.

백아린이 담담하게 사과를 받아들였다.

"이리 사과해 주시니 이해하겠습니다. 먼 길 오셨을 텐데 우선 자리에 앉으시지요."

천막에서 떨어진 장량은 곧바로 자신의 의자로 돌아와 그곳에 착석했다.

자리에 앉았음에도 불구하고 장량의 시선은 여전히 천막 옆에 자리하고 있는 한천에게 고정되어 있었다.

자신이 데리고 온 종삼은 개방에서도 알아주는 고수다.

그런 그가 손가락 하나 까딱하지 못할 정도의 실력자가 적화신루에 있을 줄은 전혀 예상치 못했다.

일전에 백아린을 총관으로 만났을 때도 그녀의 능력을 탐냈던 장량이다. 그리고 그 이후 오늘 만난 한천까지.

물론 당시에 만났던 이들과 오늘 이곳에 있는 이들이 모두 같았지만, 장량으로서는 그걸 알 방도가 없었다.

생각보다 적화신루로 인해 놀랄 일들이 많았다.

장량이 입을 열었다.

"적화신루에 저런 실력 있는 친구가 있을 줄은 몰랐군요."

그런 장량의 말에 천막 너머 앉은 백아린이 희미한 미소를 머금은 채로 답했다.

"저희 적화신루엔…… 생각보다 능력 있는 이들이 많거든요."

8장. 회담

— 원하는 것이 같으니까요

중원을 대표하는 네 개의 정보 단체 중 두 곳의 수장이 만난 자리에서 본격적인 대화의 포문을 연 것은 개방 방주 장량이었다.

그가 말했다.

"얼마 전 제게 연락을 취하던 와중에 그쪽의 총관이 위험에 처했었다 들었습니다. 당시 개방의 문도도 있었거늘 덕분에 목숨을 구제했다고 하더군요. 그 부분에 있어 감사의 뜻을 표합니다."

"아닙니다. 우리 쪽 사람을 노렸던 일이라 전해 들었으니 오히려 말려든 부분에 있어 죄송하다는 말씀을 드려야겠지요."

"그게 뭐가 중요하겠습니까. 어찌 됐든 개방 문도의 목숨을 구해 준 것은 변하지 않는데 말입니다."

"그리 생각해 주신다면 저야 고마울 뿐이지요."

십천야가 백아린을 노렸던 사건에 대해 간략한 이야기를 주고받은 직후 장량이 말했다.

"제가 루주를 이렇게 뵙고자 한 건 우리 두 세력 사이에 얽힌 일들도 조금 풀고, 앞으로 흘러갈 중원의 일들에 대해 논의하고자 함입니다."

개방과 적화신루.

아무래도 같은 정보 단체다 보니 그간 꽤나 많은 마찰이 있기도 했고, 아직까지 완전히 해결되지 않은 문제가 있는 것도 사실이다.

물론 그 대부분의 승자는 세력의 크기상 개방이 되는 경우가 부지기수였지만.

장량이 갑자기 품 안을 뒤적이다 하나의 서찰을 꺼내어 들었다. 그러고는 이내 서찰을 펼쳐 안의 내용을 살피며 중얼거렸다.

"흠, 뭐부터 이야기해야 하나."

서찰 안에는 꽤나 많은 사건들의 이름이 나열되어 있었고, 개중 하나에 이르러 시선을 멈춘 그가 곧바로 말을 이었다.

"아아. 이게 좋겠군요. 산동성 제성(諸城) 지역의 일을 아시겠지요?"

"목가장(木家莊) 이야기시군요."

백아린이 담담히 답했다.

목가장은 산동성 제성 지역에 위치한 가문이다.

무림에서는 그리 비중이 크지 않은 가문이었지만, 산동 지역에서는 손꼽히는 재력을 지닌 곳으로 상당히 많은 문파들과 얽혀 있는 세력이기도 했다.

그런 목가장을 두고 몇 달 전쯤 개방과 적화신루는 큰 마찰이 있었다.

새로 장주의 자리에 오른 인물이 오랜 시간 적화신루와 연을 이어 오며 여러 가지 도움을 받았던 탓이다. 허나 목가장은 개방과 거래를 해 오던 가문이었고, 자연스레 두 세력은 충돌이 있을 수밖에 없었다.

꽤나 큰 건수였기에 개방이나 적화신루 양측 모두 물러서지 않으려 했고, 장주가 된 자도 갈피를 잡지 못한 채 눈치를 살피고 있는 상황이었다.

목가장의 이름을 언급하고 잠깐 서찰을 보던 장량이 곧바로 입을 열었다.

"개방이 목가장 일에서 손을 떼지요."

"……목가장을 우리에게 넘기겠다 이 말씀이십니까?"

생각지도 못한 말에 천막 안쪽에 모습을 감추고 있던 백아린이 의아한 표정을 지어 보일 때였다.

장량이 말을 이었다.

"그럼요. 대신 강소성 태주에서 벌어진 건수는 저희에게 주시면 어떻겠습니까? 지리상으로도 적화신루에게 큰 이득이 될 것 같지는 않은데 말이지요."

강소성 태주와 관련된 일도 분명 큰 건수이긴 했지만, 그렇다고 해서 개방이 양보한 목가장 정도는 아니었다.

개방에서 먼저 한발 양보하며 나오기도 했고, 주는 것보다 받는 게 많은 판국이니 백아린으로서도 굳이 거절할 이유가 없었다.

"목가장을 넘겨주신다는 데 그 정도야 어렵지 않습니다."

"좋군요. 그럼 다음엔……."

장량은 계속해서 말을 이어 나갔다.

그리고는 중원 곳곳에서 벌어지고 있던 개방과 적화신루의 크고 작은 문제들을 언급하며 그것들을 나름 서로에게 적당한 선에서 정리하기 시작했다.

어느 부분에선 개방이 더 많은 걸 취했다면, 또 그만큼 적화신루 쪽에게 주기도 하는 방식으로 두 세력 간의 거래를 최대한 공평하게 진행한 것이다.

그렇지만 이렇게 공평하게 나눈다면 이득을 보는 건 당연히 적화신루 쪽일 수밖에 없었다.

그 이유는 간단했다.

적화신루에 비해 개방이 훨씬 더 큰 힘을 지녔기 때문이다. 굳이 이렇게 양보를 하지 않고 힘 싸움으로 연결시킨다면 개방은 더욱 많은 부분을 가질 수 있었다.

물론 그만큼 피해를 입기도 하겠지만, 지금 주는 것에 비해서 더 많은 걸 얻을 수 있는 게 사실이었으니까.

그럼에도 불구하고 이토록 공평한 방식으로 일을 처리해 주는 까닭이 있었으니 그건 바로…….

장량이 서찰에 적힌 내용들을 다 마무리했는지 그것을 접으며 말했다.

"이걸로 얼추 우리 두 세력 사이에 얽힌 일들은 매듭지어진 것 같군요."

"그렇군요. 그럼 이제…… 본론으로 들어가 볼까요?"

천막 너머에서 들려온 백아린의 말에 장량이 피식 웃었다.

범상치 않아 보이는 수하들을 데리고 있다는 사실을 알면서부터 보통 상대가 아닐 거라 짐작하고 있었다. 그리고 예상대로 적화신루의 루주는 꽤나 눈치가 빨랐다.

그가 말했다.

"알고 계셨군요."

"개방의 방주께서 얼마나 바쁘신 분인지 잘 아니까요. 겨우 이 정도 일을 매듭짓고자, 이런 자리를 마련하지는 않으셨겠지요."

지금 정리한 것들은 굳이 이 같은 자리를 만들면서까지 해결할 문제가 아님을 알았기에 백아린은 장량에게 다른 진짜 목적이 있을 거라 짐작했다.

그리고 그 예상대로였다.

백아린의 말에 장량이 숨기지 않고 속내를 드러냈다.

"맞습니다. 사실 이렇게 루주께 뵙자고 연락을 드린 이유는 바로 천룡성 때문입니다."

"……역시 그랬군요."

어느 정도 짐작하고 있었던 탓에 백아린은 크게 동요치 않았다.

애초에 장량이 루주를 만나고 싶다고 제안을 한 시기가 천룡성의 존재가 드러난 직후였다. 당연히 만나야 할 이유가 있다면 그것이 천룡성과 연관되었을 거라 판단하는 건 그리 어렵지 않았다.

백아린이 말했다.

"하실 말씀 해 보시지요."

그녀의 말이 떨어지자 기다렸다는 듯 장량이 입을 열었다.

"천룡성을 저희에게 주시지요."

"지금 그게……."

"아, 물론 공짜로 넘겨 달라는 것이 아닙니다. 그 대가로 향후 이십 년 동안 복건성에서 들어오는 모든 의뢰를 적화신루에게 넘겨 드리지요. 그뿐만이 아니라 앞으로도 두 세력 간의 마찰이 생긴다면 오늘처럼 제가 중재하여 최대한 공평하게 일 처리가 되도록 힘써 보도록 하겠습니다."

개방 방주 장량이 던진 조건은 충격적이었다.

복건성은 중원으로 치자면 외곽에 위치한 곳이긴 했지만 그렇다고 해도 하나의 지역이다. 그곳에서 들어오는 모든 의뢰를 통째로 넘겨주겠다고 하니, 그로 인해 얻을 수 있는 금전적 이득은 가히 어마어마했다.

거기다 추후에도 개방과의 문제에 있어 방주가 직접 나서서 해결을 해 주겠다고 하니, 세력을 넓히려 하는 적화신루의 입장에서는 분명 절호의 기회였다.

생각지도 못했던 큰 제안.

천막 너머에 있던 백아린도, 바깥에서 자리를 지키고 있던 한천도 꿈틀할 수밖에 없었다.

그만큼 매력적인 제안이었으니까.

장량은 천막 너머에서 아무런 대답도 돌아오지 않자 이내 말을 이었다.

"적화신루의 입장에서 절대 손해는 아니라고 생각되는데…… 아닙니까?"

사실 천룡성의 의뢰를 맡는다는 건 당장의 금전적 이득은 전혀 없다고 봐도 무방했다.

물론 추후에 천룡성과 관련해서 얻게 되는 정보를 통해 뭔가 커다란 이득을 볼 수도 있겠지만 그것이 지금 장량이 내건 조건보다 나을 확률은 높지 않았다.

백아린이 답했다.

"아니라고는 말하지 못하겠군요."

"그렇다면 이 제안 받아들이시는 게 어떻겠습니까? 적화신루는 돈과 향후 발전할 수 있는 기반을 얻을 수 있게 되고 저희는 천룡성을 얻음으로써 상징성을 지닐 수 있게 되겠지요."

"상징성이라면 뭘 말씀하시는 겁니까?"

"뭐긴요. 제가 원하는 건 단 하나입니다."

장량이 검지를 치켜세우며 천천히 말을 이었다.

"중원 최고의 정보 단체라는 그 상징성. 이토록 많은 걸 양보하면서 천룡성을 얻고자 하는 건 바로 그 때문입니다."

개방은 아주 오랫동안 최고의 정보 단체라는 자리를 지켜 왔다. 그런데 천룡성이 자신들이 아닌 적화신루를 택했다는 사실로 인해 중원 최고의 정보 단체라는 자부심에 큰 흠집이 나 버렸다.

물론 어느 누군가는 고작 그런 것 때문에 이토록 많은 금전적 피해를 감수하는 게 어리석다 여길지도 모른다.

허나 장량의 생각은 달랐다.

왜 많은 이들이 개방을 찾겠는가.

이유는 하나다.

그들을 최고라 여기기 때문이다.

그리고 그 최고라는 사람들의 인식.

그것은 결코 돈으로 살 수 있는 게 아니었다.

그랬기에 장량은 이번 자신의 제안이 양쪽 모두에게 나쁘지 않다 여겼다.

이미 완벽하게 중원 최고의 정보 단체로 자리를 잡았고, 금전적으로도 전혀 문제없는 개방에게 필요한 것은 그러한 상징성이었고 반대로 보다 도약하기를 원하는 적화신루에게는 언제 갖게 될지도 모를 그런 이름값보다는 당장의 이득이 중요했으니까.

장량이 말했다.

"곧바로 답변을 내리기 어렵다면 얼마간 생각하실 시간

을 드리지요. 적화신루의 수장이시니 뭐가 이득인지 계산하시는 건 그리 어렵지 않으실 겁니다. 마음을 결정하시면 그때……."

그때였다.

검은 천막 너머에서 백아린의 목소리가 흘러나왔다.

"거절합니다."

"거절…… 입니까?"

"예, 그 제안은 받아들이지 못할 것 같군요."

재차 들려오는 의사 표시에 장량은 미간을 찡그렸다. 거절할 가능성을 아예 배제했던 건 분명 아니었다.

하지만 자신도 모르는 사이 개방의 방주로서 내건 이 조건을 보면 분명 받아들일 거라는 자신감이 있었던 모양이다.

이해가 안 된다는 듯 그가 물었다.

"거절하는 이유가 뭡니까?"

"그분이 적화신루를 원했으니까요."

생각지도 못한 말에 장량이 당혹스러운 표정으로 물었다.

"설마 겨우 그 이유 때문입니까? 그 정도 이유로 버릴 만큼 낮은 조건은 아니라고 생각이 듭니다만."

"그리고 또 하나. 제가 원하는 것이 방주님과 같기 때문입니다."

"……원하는 것이 같다?"

그게 뭐냐고 묻는 듯 말끝을 올리는 장량을 향해 백아린이 답했다.

"적화신루 또한…… 최고가 되고자 하니까요."

백아린의 그 말에 장량의 눈동자가 싸늘하게 변했다. 지금 내뱉은 최고가 되고자 한다는 말의 의미는 하나였으니까.

바로 개방을 넘겠다는 뜻이다.

그 말은 결코 가벼이 넘길 만한 것이 아니었다.

구파일방의 한자리를 차지할 정도로 뛰어난 무력과 최고의 정보 단체라는 위명에 어울리는 정보력을 지닌 개방이다.

그런 자신들을 넘어서겠다고 말하고 있으니 실소가 절로 흘러나왔다.

마찬가지로 최고가 되고자 한다는 그 말을 듣는 순간 장량은 생각을 바꿨다.

가능하면 좋게 이야기를 끝내고자 했지만, 상대의 생각이 그렇다면 결코 자신의 제안을 받아들이지 않을 거라는 걸 알기 때문이다.

천룡성의 의뢰를 자신들이 맡고자 했던 제안이 무위로

돌아갔지만, 오히려 잘됐다.

장량이 입을 열었다.

"제 제안을 거절하셨으니 이제 이쪽도 실력으로 보여 드려야겠군요."

거절당한다고 해도 그냥 물러날 생각은 애초부터 없었다. 결국 천룡성에서 직접 자신들을 선택하게 만들면 되는 일이었으니까.

도의적으로 이미 의뢰를 하고 있는 상황에 힘으로 뺏는 게 내키지 않아 이 같은 제안을 한 것뿐이다.

허나 최대한 배려한 자신들의 제안을 거절했으니 이제는 망설일 이유가 없었다.

의자에 앉아 있던 장량이 자리에서 일어났다.

"천룡성이 개방을 선택하게 만들어 보이지요. 그리고 그날이 온다면…… 루주께서는 오늘 이 제안을 거절한 걸 후회하게 될 겁니다."

"가능하시다면 얼마든지요."

지지 않고 받아치는 백아린의 말을 들은 장량이 몸을 휙 돌리며 입을 열었다.

"가자!"

그의 외침에 뒤편에서 대기하고 있던 종삼이 서둘러 닫혀 있는 문을 열었다.

먼저 나간 종삼의 뒤를 좇아 움직이던 장량이 입구에 이르러 잠시 발길을 멈췄다. 그러고는 이내 고개를 돌려 검은 천막에 가려진 백아린이 있는 쪽을 응시했다.

그렇지만 이내 복면과 죽립을 눌러 쓰고 있는 한천의 시선을 느끼고는 말없이 몸을 돌려 다시금 걸음을 옮겼다.

그렇게 개방 방주 장량이 사라진 지 얼마 지나지 않아서였다.

스르륵.

막고 있는 천을 거두며 백아린이 안쪽에서 걸어 나왔다. 여전히 바깥에서 대기하고 있던 한천이 그녀를 발견하고는 복면을 턱 아래로 끌어내리며 투덜거렸다.

"어휴, 답답해서 죽는 줄 알았습니다."

"고생했어, 부총관."

"한 거라고는 잔뜩 무게 잡고 서 있는 것밖에 없었는데요, 뭘."

실실 웃으며 별거 아닌 듯 말하고 있었지만, 오늘 이 자리에 한천이 없었다면 모든 것들이 조금 더 복잡했을 게다.

최소한 개방 방주 장량이 섣부른 행동을 하지 못한 이유 중 하나가 보초를 서고 있는 한천의 존재 때문이었으니까.

장량이 사라진 문 쪽으로 잠시 시선을 주던 한천이 천천히 입을 열었다.

"그나저나 괜찮으시겠습니까?"

"뭐가?"

"잔뜩 화가 난 모양새잖아요. 명분이 없으니 개방이 전면전을 걸어오지는 않겠지만, 아마도 기회가 나면 계속 저희를 방해하려 들 겁니다."

"언제는 안 그랬나."

예전부터 적화신루를 사사건건 억눌러 오던 개방이다. 오늘 이 일로 조금 더 심해질 수는 있겠지만, 그렇다고 여태까지와 크게 달라질 건 없었다.

어차피 같은 목표를 두고 달려가는 상대.

결국 최고가 되기 위해서는 개방을 넘어서야만 했다.

한천이 팔짱을 낀 채로 서 있는 백아린의 모습을 곁눈질하다 말했다.

"그래도 이렇게 완고하게 거절하실 줄은 몰랐습니다. 제가 보기에도 나름 괜찮은 조건이라 생각했거든요."

"확신이 있었거든. 그 사람이 개방의 손을 잡지 않을 거라는 확신."

천무진은 미래를 알기에 적화신루를 제외한 모든 정보단체들이 그들에게 굴복한다는 사실도 알고 있다.

그랬기에 처음부터 적화신루에게 손을 내민 것이고, 그걸 잡은 건 자신이었다.

애초에 천룡성을 넘겨줄 생각은 없었지만, 그러한 사실을 알게 된 지금 그 결심은 더욱 확고해져 있었다.

어떻게든 천무진을 도와 그들을 막는다.

그리고…….

"부총관, 적화신루 소속원들에게 전달해 줘. 긴장들 하라고."

제안을 거절했으니 자연스레 시작될 그들의 도발.

하지만 백아린은 그런 도발에 휘둘릴 생각이 없었다.

이번 기회에 오히려 개방에게 확실히 보여 주고야 말리라.

적화신루가 그리 만만치 않다는 사실을.

*　　*　　*

하얀 백의에 긴 죽립으로 얼굴을 가린 노인 한 명이 사천성 성도로 들어서고 있었다.

간단한 짐 하나만 챙긴 채로 이곳까지 꽤나 먼 거리를 달려온 노인은 북적거리는 이들을 가볍게 둘러봤다.

그가 중얼거렸다.

"거참, 이리도 사람 많은 곳은 오랜만이군그래."

한동안 숨어 지낸 노인에게 이곳 성도의 북적거림은 오

랜만에 보는 광경이었다. 잠시 길거리를 가득 채운 사람들을 바라보던 그가 걸음을 옮겨 어딘가로 향하기 시작했다.

그렇게 바삐 움직이던 노인이 멈추어 선 곳은 성도 한쪽에 위치한 화연관이라는 이름의 자그마한 다관(茶館)이었다.

화연관은 크기는 작았지만, 차를 즐기는 이들 사이에서는 제법 소문난 명소였다.

각양각색의 차를 파는 곳으로, 쉽사리 접하기 힘든 종류의 것들 또한 화연관에서는 어렵지 않게 즐길 수 있었다.

화연관에 들어선 노인은 빈자리에 앉아 용정차를 주문했다. 그리고 얼마 되지 않아 노인의 앞으로 향을 가득 머금은 찻잔 하나가 모습을 드러냈다.

가볍게 용정차의 향을 맡던 노인은 이내 그것을 입에 가져다 댔다.

뜨거운 찻물이 목을 타고 넘어갔고, 노인은 만족스러운 표정으로 고개를 끄덕였다.

"좋군."

중얼거리던 그가 이내 시선을 돌려 주변을 바삐 오가는 이들을 바라봤다. 그러던 중 노인의 시선이 한 명에게 틀어박혔는데, 이곳 다관에서 일하는 젊은 사내였다.

허리춤에 붉은 장식이 된 끈을 매고 있는 사내를 향해 노인이 말을 걸었다.

"이보게."

"뭐 더 주문하실 거라도 있으신지요?"

미소와 함께 다가오는 사내를 향해 노인이 대수롭지 않게 입을 열었다.

"말 좀 전해 주게. 내가 왔다고."

"그게 무슨 말씀이신지……."

이해가 안 간다는 듯 되묻는 사내를 향해 노인이 서찰 한 장과 함께 자신의 이름을 밝혔다.

"진균이 찾아왔다, 그리만 전하면 알 걸세."

진균이라는 이름에 젊은 사내의 눈동자가 흔들렸다. 그 이름을 지닌 이가 누군지 너무도 잘 알았으니까.

의선 진균.

그가 이곳 성도에 나타난 것이다.

의선이 화연관에 찾아온 이유는 바로 서찰에 적혀 있는 연결책을 만나기 위해서였다. 그리고 그 연결책이 바로 눈앞에 있는 이 사내였던 것이다.

사내가 작게 고개를 끄덕이며 입을 열었다.

"모시겠습니다. 절 따라오시지요."

*　　*　　*

새로운 정보의 확인차 적화신루의 성도 거점을 찾아갔던 백아린은 놀라운 소식을 접했다. 그토록 찾고 있던 의선이 직접 이곳을 찾아왔다는 것이었다.

그녀가 잔뜩 상기된 표정으로 돌아온 건 바로 그 때문이었다.

집무실의 문을 열고 들어서는 백아린의 표정을 본 천무진이 의아한 얼굴로 물었다.

"무슨 일 있어?"

"얼마 전에 제가 한 말 기억해요? 좋은 소식 하나 전해 줄 수 있을 것 같다는 말이요."

"기억하지. 뭔지는 말 안 해 주고 그런 식으로 사람 궁금하게만 만들어 놨었잖아."

적화신루의 임시 총회를 떠나기 전에 그녀가 했던 말을 기억하고 있었기에 천무진이 대꾸했다.

맞다는 듯 고개를 끄덕이며 백아린이 말을 받았다.

"맞아요. 그때 말씀드리지 못했던 그 좋은 소식을 이제는 전해 드릴 수 있을 것 같아서요."

"뭔데 그 좋은 소식이."

"사실 찾던 사람이 한 명 있었거든요. 오랫동안 모습을 감춘 인물이라 찾는 데 꽤나 시간이 걸릴 거라 생각했는데…… 운 좋게 정보가 들어와서 훨씬 시간을 단축할 수 있었어요."

"그게 누군데?"

"의선이요."

생각지도 못한 이름에 천무진이 고개를 갸웃했다.

의선이라니?

갑자기 왜 그를 찾았단 말인가. 거기다가 그게 왜 좋은 소식인지…….

순간 아리송한 표정을 짓고 있던 천무진의 머릿속에 번개처럼 뭔가가 스치고 지나갔다.

그가 입을 열었다.

"자모충?"

"맞아요. 적면신의가 다루고 있던 그 벌레요."

고아들을 상대로 벌이던 잔혹한 실험.

사람을 조종할 수 있게 만든다는 자모충이라는 벌레는 이야기를 들어 본 적도 없는 특이한 종류의 것이었다. 허나 그건 일반인인 자신들에 한해서다.

다른 이도 아닌 의선이라면?

자모충에 대해 뭔가를 알거나, 아니면 이것에 당한 이를 치료하는 법을 알지도 모른다.

그리고 또 하나, 처음 무림맹에 들어와 캤었던 홍천관 관주 금호를 통해 얻은 것들에 대해서 뭔가 알 수 있을지도 모른다.

천무진이 물었다.

"그래서 그는 어디에 있지?"

"적화신루의 연락을 받고 곧바로 이곳 성도에 들어오신 모양이에요. 지금 당장이라도 만날 수 있는데 어떻게 할래요?"

물어 오는 백아린의 질문에 천무진이 곧바로 옆에 세워 두었던 천인혼을 집어 들며 말했다.

"뭐 해? 빨리 가자고."

서두르는 천무진의 모습에 백아린이 그럴 줄 알았다는 듯 고개를 끄덕였다.

의선을 만나기 위해 천무진은 곧장 거처를 박차고 움직였다.

그런 그의 옆에는 백아린과 한천, 그리고 단엽까지 자리하고 있었다.

네 사람이 향하는 곳은 의선이 도착했던 다관인 화연관이었다. 성도 내에 위치한 다관이었기에 도착하는 데는 그리 긴 시간이 걸리지 않았다.

백아린과 한천이 모습을 드러내자 두 사람을 알아본 사내가 빠르게 다가왔다.

"오셨습니까?"

"그분은?"

물어 오는 백아린의 질문에 사내가 안쪽을 향해 고갯짓하며 말했다.

"안쪽에 계십니다."

대답과 함께 사내가 안쪽으로 향하는 통로에 있는 자에게 신호를 보냈고, 그는 곧바로 닫혀 있던 문을 열었다.

의선이 어디 있는지 확인한 백아린은 곧장 그쪽을 향해 움직였다. 그리고 나머지 세 사람 또한 빠르게 그녀를 뒤따랐다.

열린 문을 통해 드러난 장소는 그리 크지는 않았지만 나름 이곳저곳에 신경을 쓴 티가 역력했다.

조경에 공을 들여 꽃과 풀이 아름답게 어우러진 장소의 한쪽에는 자그마한 연못이 있었다. 그리고 그 주변으로 삥 둘러져 있는 돌 위에 한 명의 노인이 자리하고 있었다.

하얀 백의에 긴 수염을 늘어트린 선한 인상의 노인.

의선 진균이 그곳에 서서 물 안에서 노닐고 있는 물고기들을 바라보고 있었다.

연못 안을 응시하던 그가 사람의 인기척을 느꼈는지 슬며시 시선을 돌려 입구를 통해 들어온 일행을 확인했다.

처음 보는 네 명의 인물.

허나 그중 천무진이 누구인지 의선은 곧바로 알아차릴 수 있었다.

단 한 번도 직접 마주한 적이 없는데도 불구하고 곧바로 알아볼 수 있었던 이유는, 천무진의 사부이자 천룡성의 진짜 주인인 천운백 때문이다.

그가 제자인 천무진에 대해 얼마나 떠들어 댔는지, 처음 얼굴을 마주하는데도 불구하고 전혀 낯설지 않은 느낌이었다.

'거참. 누가 천 대협의 제자분인지 바로 알겠습니다.'

피식.

스스로도 기가 막혔는지 의선이 웃음을 흘렸다.

이들 사이에 거리가 좁혀질 무렵 의선이 먼저 천무진을 향해 포권을 취하며 예를 갖췄다.

"의선 진균이 천룡성의 작은 주인을 뵙습니다."

"의선을 뵙습니다."

천무진 또한 포권으로 그런 그에게 인사를 건넸다.

포권을 푼 의선이 웃는 얼굴로 입을 열었다.

"그나저나 듣던 그대로시군요."

"저 말입니까?"

"예, 천 소협에 대해 꽤나 이야기를 많이 들었거든요. 덕분에 처음 뵙는데도 불구하고 단번에 네 분 중 누가 천 소협인지 알아차릴 수 있었습니다."

사실 들어온 건 네 사람이었지만 애초에 백아린과 한천은 헛갈릴 대상이 아니었다.

백아린은 여인이었고, 한천은 나이 대가 맞지 않았으니까.

그나마 단엽만이 천무진으로 혼동될 만한 조건을 갖추고 있었다.

뛰어난 외모나, 비슷한 나이 대를 지녔으니 말이다.

의선의 말에 천무진이 이상하다는 듯 물었다.

"제 이야기를 누구한테 들으셨다는 겁니까?"

이번 생에서 천무진은 무림에 모습을 드러낸 지 그리 오래되지 않았다. 그랬기에 지금 의선이 말하는 것처럼 꽤나 많은 이야기를 들을 법한 뭔가가 있을 이유가 없었다.

그런 천무진의 질문에 의선이 답했다.

"천룡성의 작은 주인에 대해 누구에게 들었겠습니까? 당연히 천운백 대협이시지요."

천운백이라는 이름이 나오는 순간 천무진이 놀란 듯 눈을 치켜떴다.

너무도 오랜만에 들어보는 사부의 이름 때문이었다.

생각지도 못한 상황에 천무진이 물었다.

"제 사부님을 아십니까?"

"그럼요, 얼마 전까지 같이 있었는걸요."

"같이 있었다고요? 설마 지금도 같이 오신 겁니까?"

말을 내뱉으며 천무진은 다급히 주변을 둘러봤다.

아무것도 없던 고아인 자신을 받아들여 준 사람.

너무도 그리웠던 사부가 이곳에 있을지도 모른다는 생각에 천무진의 마음이 울렁였다.

허나…….

"아닙니다. 이곳에는 저 혼자 왔습니다."

돌아오는 대답에 천무진의 표정에 실망감이 맺혔다. 허나 이내 표정을 빠르게 지워 낸 그가 물었다.

"그럼 어디에 계신지는 아십니까?"

"얼마 전까지는 제 거처에 같이 계셨는데 뭔가 할 일이 있으시다며 떠나셨습니다."

"만날 수 있는 방도가 없을까요?"

"제자이시니 잘 아시겠지만, 그분이 마음먹고 움직이셨다면…… 찾는 건 어렵지요."

스스로 모습을 드러내지 않는 이상 천운백이라는 이의 뒤를 쫓는 건 불가능한 일이다.

그만큼 뛰어난 무인이었으니까.

찾을 방도가 없다는 사실을 전해 듣고 표정을 일그러트

린 천무진을 향해 의선이 말했다.

"그리 찾지 않으셔도 언젠가 때가 되면 그분이 모습을 드러내지 않으실까요?"

"하지만 지금 상황이 좀 복잡합니다. 사부님을 만나서 말씀드려야 할 것들이……."

그 순간 웃는 얼굴로 의선이 입을 열었다.

"그분이 모르실 거라 생각하십니까?"

의미심장한 한마디를 던진 의선이 곧바로 말을 이었다.

"절 이곳에 보낸 것이 바로 천 대협이십니다."

"사부님이 말입니까?"

"예, 적화신루가 긴 시간 모습을 감춘 저를 이토록 쉽게 찾을 수 있던 이유가 뭐겠습니까? 천 대협이 일부러 정보를 흘린 것이지요. 제가 어디에 있는지를 말입니다."

적화신루의 정보력이라면 결국 의선을 찾아냈을 수도 있다. 하지만 그러기 위해서는 최소 몇 달, 어쩌면 몇 년 이상은 걸렸을지도 모르는 일이다.

그만큼 완벽하게 무림에서 몸을 감추고 있었으니 말이다.

헌데 고작 며칠 만에 그들에게 자신의 정보가 들어갔다.

이 모든 건 천운백이 직접 손을 썼기 때문이었다.

놀란 듯 서 있는 천무진을 향해 의선이 말을 이었다.

"그분이 정보를 흘리셨다면 그 이유가 뭐겠습니까? 아마도 제자이신 천 소협을 위해서가 아닐까 싶은데 말입니다."

천무진의 머리는 복잡했다.

의선의 말대로다.

굳이 천운백이 적화신루를 위해 의선을 찾아 줬을 리는 없으니까.

천운백이 적화신루에게 의선의 정보를 흘렸다는 건 곧 천무진에게 그가 필요하다는 걸 알기 때문이다. 그 말은 곧 지금 자신의 행보를 어느 정도 알고 있다는 소리이기도 했는데…….

'하아, 대체 무슨 생각이신지 모르겠군요.'

사부에게 묻고 싶은 것이 참으로 많았다.

헌데 그는 아무런 연락도 없이 뭔가를 위해 움직이고만 있었다.

무슨 생각인지는 알 수 없었지만 천운백은 결코 의미 없는 행동을 할 사내가 아니었다.

사부를 직접 만나지 않고서야 도저히 해결할 수 없는 고민을 애써 머리에서 지우고 있는 그때, 의선이 물었다.

"그럼 적화신루를 통해 절 그토록 찾은 연유에 대해 물어도 되겠습니까?"

"의선께 여쭙고 싶은 것이 있어서요."

이번엔 백아린이 나서며 말했다.

그녀를 향해 슬쩍 시선을 준 의선이 물었다.

"그쪽은 누군가?"

"아, 인사가 늦었네요. 적화신루 사총관 백아린입니다."

"부총관 한천입니다."

뒤편에 있던 한천 또한 인사를 건네자 시선은 자연스레 마지막에 남아 있는 단엽에게로 향했다.

자신을 향한 시선을 느꼈는지 단엽이 귀찮다는 듯 말했다.

"단엽."

"호오. 이거 생각보다 재미있는 조합이군요."

단엽이라는 이름을 듣는 순간 그의 정체를 눈치챈 의선이 천무진을 향해 웃으며 말했다.

사파인 대홍련의 부련주가 함께 움직이고 있고, 그 뒤를 무림맹주가 봐주고 있는 형세다.

그 누구도 아닌 천룡성이기에 가능한 일이다.

잠시 천무진에게 주었던 시선을 백아린에게 다시 돌린 의선이 물었다.

"나에게 묻고 싶은 것이 무엇인가?"

그의 승낙이 떨어지자 백아린이 곧바로 물었다.

"혹시 자모충이라는 이름을 들어 보신 적이 있으신가요?"

그 이름을 듣는 순간 의선의 표정이 순식간에 돌변했다. 그리고 그 표정만으로 이미 대답은 들은 것이나 다름없었다.

잠시 침묵하던 의선이 슬그머니 입을 열었다.

"……갑자기 자모충에 대해서는 왜 묻는가?"

"얼마 전에 그 자모충을 가지고 이상한 짓을 벌이는 자를 잡았거든요."

"뭐? 자모충을? 대체 누가?"

놀란 듯 되묻는 그를 향해 백아린이 답했다.

"적면신의입니다."

누군가가 자모충을 가지고 이상한 일을 벌인다는 사실에 놀랐던 의선의 얼굴이 이번에는 크게 일그러졌다.

어찌 그를 모를 수 있겠는가.

실력은 의선이나 마교의 마의에 비해 다소 부족함이 있었지만, 중원의 삼대의원으로 손꼽히던 자다.

실제로 마주했던 적도 있었기에 적면신의에 대해 어느 정도 알고 있는 의선이었다.

의원이었지만 사람의 목숨을 구하는 것보다 자신이 다른

누군가의 운명을 좌지우지한다는 사실에 쾌감을 느끼던 자였다.

그랬기에 그리 좋아하지 않았는데…….

어둡게 가라앉은 표정으로 의선이 나지막이 중얼거렸다.

"후우, 그놈이 결국 사고를 쳤군그래."

9장. 귀명신단
— 불가하네

딱딱하게 굳은 표정으로 서 있는 의선을 향해 백아린이 조심스레 물었다.

"적면신의에 대해 잘 아세요?"

"뭐 가까운 사이는 아니었지만, 그래도 어느 정도 안면이 있는 관계였네. 뛰어난 의술을 지녔지만 접근하는 방식이 나와는 많이 달라, 어느 순간부터는 거리를 두게 됐었지."

과거에 적면신의와 만났던 일을 잠시 떠올리던 의선이 이내 백아린에게 질문을 던졌다.

"그래서 그가 자모충으로 뭘 했는가?"

"인체 실험을 자행했어요. 그것도 고아들을 가지고요."

백아린의 말에 착잡한 표정을 짓고 있던 의선의 얼굴이 잔뜩 일그러졌다.

뭔가 사고를 쳤다 생각했거늘, 이건 그 정도 수준의 문제가 아니었다.

의선의 얼굴이 붉게 변해 갔다.

그의 목소리가 커졌다.

"의술을 익힌 자가 고아들을 가지고 인체 실험이라니!"

"이번에 그를 잡아서 막아 내긴 했지만 십 년 이상 이 같은 실험을 해 왔던 모양이에요. 아마 수천 이상의 아이들이 그자의 손에 죽은 걸로 파악하고 있고요."

"하아."

이야기를 전해 들은 의선은 깊은 한숨을 내쉬었다.

사람을 살려야 할 의원의 손이, 불쌍한 이들의 생명을 뺏어 가고 있었다니 실로 끔찍한 일이 아닐 수 없었다.

"적면신의는 죽었는가?"

"아뇨, 무림맹에 넘겨서 조금 더 자세한 조사를 할 예정이에요. 별반 아는 게 없는 것 같아 그 뒤에 있는 이들을 찾아내는 건 어려워 보이지만요."

"그렇군."

고개를 끄덕이던 의선이 이내 물었다.

“상황은 대충 알겠네. 그러면 나에게 부탁할 것이 무엇인가?”

“해독약입니다.”

“해독약? 자모충에 대한 해독약 말인가?”

“그것도 그렇고 또 하나 부탁드릴 게 있어요.”

말과 함께 백아린이 뒤편으로 시선을 줬고, 기다렸다는 듯 한천이 품 안에서 뭔가를 꺼내어 들었다.

검은 가죽으로 된 전낭 같은 주머니를 건네받은 의선이 안에 담긴 내용물을 확인했다. 안에는 평범해 보이는 하얀 가루들이 자리하고 있었다.

안의 내용물을 확인한 의선이 물었다.

“이건……?”

“몽혼약이라는 것 정도만 확인했고, 저희도 정확히는 파악을 하지 못한 물건이에요. 그런데 이걸 향로에 넣고 피우면 사람들이 꼭두각시가 된 것처럼 시키는 대로 움직이더군요. 못 버티는 자들은 부작용으로 온몸의 구멍으로 피를 토하며 죽기도 했고요.”

“자모충과 비슷하군.”

“네, 맞아요. 적면신의의 말대로라면 이 몽혼약이 사람의 정신을 몽롱하게 해서 조종할 수 있게 만들고, 자모충은 그 효과를 보다 극대화시킨다고 해요. 단순히 이 몽혼약만으로는 일정 수준 이상의 무인에게는 통하지 않는 것 같았고요."

"흐음."

가만히 하얀 가루를 바라보는 의선을 향해 천무진이 물었다.

"이 가루의 정체가 뭔지 파악하실 수 있겠습니까?"

"쉽진 않을 겁니다. 그렇지만 해 보기도 전에…… 불가능하다 말하고 싶지는 않군요."

사실 몽혼약의 종류는 수도 없이 많다.

그것들과 일일이 비교를 하는 것만 해도 말도 안 될 정도로 과중한 일이다. 헌데 방금 들었던 설명만으로는 자신이 알고 있는 그 어떠한 것과도 겹치는 부분이 없었다.

아마도 여태까지 중원에는 전혀 알려지지 않은 종류의 새로운 것.

어쩌면 새외에서 비밀리에 전해져 오는 몽혼약의 하나일지도 모른다.

하얀 가루에서 시선을 뗀 의선이 말했다.

"단순히 이 가루의 정체만 밝히길 원하시는 건 아니지요?"

그런 그의 질문에 대답을 한 건 백아린이었다.

그녀가 고개를 끄덕이며 말했다.

"물론이죠. 저희는 이 가루의 해독약도 원합니다."

단순히 조사만을 원했다면 의선이 아닌 사천당문에게 이와 같은 의뢰를 했을지도 모른다. 물론 사천당문 내부에 그들과 연관된 이들이 남아 있을 거라는 위험성이 있긴 했지만, 모습을 감춘 의선을 찾는 것보다는 더욱 현실적인 일이었다.

물론 천무진의 사부인 천운백의 도움으로 의선을 쉽게 찾긴 했지만, 그걸 미리 알고 이 같은 결정을 내린 건 아니었으니까.

정체와 더불어 이 몽혼약의 해독약을 필요로 했고, 그러기 위해서는 의선의 능력이 있어야만 했다.

백아린의 말에 의선은 그럴 줄 알았다는 듯한 표정을 지어 보였다.

어쩌면 이 가루의 정체를 파악하는 것보다, 성분을 조사해서 해독약을 만드는 것이 더 쉬울 수도 있다.

다만 해독약을 만들기에는 문제가 하나 있었다.

의선이 가루가 든 주머니를 든 채로 천무진을 향해 입을 열었다.

"문제가 하나 있습니다."

"뭡니까?"

"양이 너무 적습니다."

해독약을 만들기 위해서는 그만큼 많은 표본이 있어야 한다. 그래야 갖은 방법으로 실험을 하고, 독성을 죽일 방법을 찾아낼 수 있으니까.

그런데 지금 받은 이 정도 양이라면 아무리 아껴 쓴다고 해도 백여 번의 실험조차 가능할지 모르겠다.

수천, 수만 번의 실험으로도 알아낼 확신이 없는 물건이다. 겨우 이 정도 양으로 해독약을 만들어 내는 건 정말 천운이 따르지 않고서는 불가능한 일이었다.

천무진이 옆에 위치하고 있는 백아린에게 물었다.

"우리가 더 구한 양이 얼마나 되지?"

흑마신의 거처인 사해도에서 적면신의가 실험을 자행하던 그 비밀 장소.

그곳에 있는 창고에 이 몽혼약이 자리하고 있었다.

허나 그 양은 그리 많지 않았다.

서둘러 무림맹으로 돌아오는 바람에 직접 챙기지 못했고, 곧바로 그곳으로 들어간 적화신루 쪽에서 사해도를 정리하며 얻은 재료들을 현재 이 근처로 이송 중인 상황이었다.

백아린은 자신이 전해 들은 양을 떠올리며 말을 받았다.

"만족스러운 양은 아니겠지만 그래도 이거에 몇 배 정도는 될 거예요. 추가적으로 더 찾아내기 위해 조사 중이긴 한데…… 당장은 이게 최선이에요."

"이것의 몇 배 정도라."

옆에서 이야기를 듣고 있던 의선이 중얼거렸다.

그나마 이 주머니의 것이 전부가 아니라 다행이긴 했지만, 그렇다고 해서 만족스러울 정도의 양은 분명 아니었다.

허나 방도가 없는 상황이라면 우선은 이것만으로 최선을 다할 수밖에 없었다.

의선이 고개를 끄덕이며 말했다.

"그럼 우선 지금 받은 것과 추가적으로 올 물량들을 가지고 조사를 먼저 시작해 보도록 하지요."

"고생스러우시겠지만 부탁드립니다."

"아닙니다. 천 대협께서 절 이리 보내신 이유가 다소 궁금했는데…… 그분은 역시 대단하시군요."

대체 이곳에 자신이 필요하다는 걸 어찌 알고 이 같은 일을 벌였는지 놀라웠지만, 언제나 천운백은 그래 왔다.

모든 걸 알고 있는 사람처럼 말이다.

가루가 담긴 주머니를 잘 묶어 품 안에 집어넣으며 의선이 재차 입을 열었다.

"일을 시작하기에 앞서 사람을 한 명 만나야겠군요. 아무래도 잠시 자리를 좀 비워야 할 것 같습니다. 꽤나 먼 곳에 있는 친구라서요."

"필요하면 저희 쪽에서 연락을 취해 이쪽으로 모시도록 할게요."

백아린의 말에 고개를 저으며 의선이 답했다.

"그리 부른다고 올 친구는 아니라서 말이네. 내 연락을 그리 반기지도 않을 것 같고 말이야, 허허."

"그게 누구죠?"

"마의(魔醫), 그의 힘이 필요하네. 나 혼자의 힘으론 그리 간단치 않을 것 같아서 말일세."

마교 제일의 의원인 마의, 당연히 그는 정도 무림의 심장부인 이곳 성도와 꽤나 먼 곳에 자리하고 있었다.

상황을 이해한 그녀가 말했다.

"그럼 다녀오시는 동안 연구를 하실 만한 거처를 마련해 둘게요."

"그리하게."

"언제 떠나실 생각이시죠?"

"급한 일이니 빠를수록 좋지 않겠는가. 내일 당장 떠날까 생각 중이네. 다음 만남은 아무래도 그 친구를 만난 이후로 해야겠군."

말을 마친 의선의 시선이 천무진에게로 향했다.

포권을 취하며 그가 말했다.

"그럼 다음에 뵙지요."

한시가 급한 일, 의선 또한 머뭇거릴 여유가 없었다.

*　　*　　*

의선이 있는 화연관을 빠져나온 천무진 일행은 거처로 움직이고 있었다. 그렇게 대략 거리의 절반보다 조금 더 이동했을 무렵이었다.

단엽과 이야기를 나누며 천무진과 백아린을 뒤따르고 있던 한천이 갑자기 자신의 몸을 더듬거리기 시작했다.

"어라? 어디 갔지?"

갑작스러운 행동에 앞장서서 걷던 천무진과 백아린 또한 걸음을 멈추고 그를 바라봤다. 그리고 이내 한천을 향해 백아린이 물었다.

"왜 그래?"

그녀의 물음에 한천이 울상을 지어 보이며 말했다.

"아이고, 전낭 주머니를 잃어버려서요. 분명 올 때까지는 가지고 왔었는데 어디에다가 놓고…… 아! 이런, 아무래도 그 다관에다가 두고 온 거 같은데요?"

"하여튼 덤벙거리긴."

백아린의 말에 뒷머리를 긁적이며 한천이 웃었다.

"하하, 제가 정신머리 없는 게 어디 하루 이틀 일입니까.

서둘러 가서 가져오도록 할 테니 먼저들 가시죠."

"굳이 직접 갈 필요 있어? 사람 시켜서 적화신루의 거점으로 가져다 두면……."

"그리 멀지도 않은데 그게 더 번거로운 것 같은데요."

"흠, 그런가?"

"예, 그냥 지금 후다닥 가서 가져오죠, 뭐."

별반 대수롭지 않게 말을 하는 한천을 바라보던 백아린이 고개를 끄덕였다.

"그럼 그렇게 해. 아 참, 다른 곳으로 새지 말고 곧바로 돌아오고. 괜히 핑계 대고 술집이나 이런 곳으로 빠지기만 해 봐."

"그럼요. 절대 그러지 않고 가서 전낭만 딱 찾아서 오겠습니다."

자신을 믿으라는 듯 호언장담을 하는 한천의 모습에 오히려 백아린이 의심스러운 표정을 지어 보이긴 했지만…….

그런 그녀의 시선을 느끼면서도 한천은 재빠르게 몸을 돌렸다.

"서둘러 다녀오겠습니다!"

말과 함께 그가 후다닥 온 길을 거슬러 달려갔다.

그리고 그런 한천의 뒷모습을 백아린은 말없이 바라보고

있었다.

그렇게 잃어버린 전낭을 찾겠다며 한천이 화연관으로 들어섰을 때였다. 방금 전에 나갔던 한천이 다시금 모습을 드러내자 천무진 일행을 안쪽으로 안내했던 사내가 무슨 일이냐는 얼굴로 바라봤다.

그가 어깨를 으쓱하며 말했다.

“찾고 있는 게 있는데 안쪽에 두고 온 것 같아서 말이야.”

“아, 그러십니까?”

말을 마친 사내가 막 몸을 돌려 안쪽의 입구를 지키는 이에게 수신호를 보내는 바로 그 찰나였다.

한천이 근처에 있는 의자 아래로 뭔가를 가볍게 던져 넣었다.

툭.

그가 던진 물건은 놀랍게도 이곳에 두고 온 것 같다 말했던 바로 그 전낭이었다.

애초부터 한천은 전낭을 잃어버리지 않았던 것이다.

한천이 전낭을 잘 보이지 않는 곳에 밀어 넣은 직후 사내가 몸을 돌려 말했다.

“안으로 드시지요.”

“고맙네.”

한천이 씩 웃으며 안쪽을 향해 걸음을 옮겼다.

안쪽으로 성큼 걸어 들어가자 그곳엔 아직까지도 연못 근처에 자리하고 있는 의선의 모습이 보였다. 한천은 곧장 의선을 향해 다가가기 시작했다.

순식간에 다가간 한천이 입을 열었다.

"의선 어르신."

자신을 부르는 소리에 고개를 돌렸던 의선은 방금 전 헤어졌던 한천의 등장에 의아한 표정을 지어 보였다.

"자네가 왜……."

"드릴 말씀이 있어서 찾아왔습니다."

"아, 뭔가 이야기하지 않은 게 있는 모양이로군."

방금 전에 대화를 나누던 과정에서 뭔가 전하지 못한 것이 있다 여긴 의선이었다. 허나 그런 그의 말에 한천이 고개를 저으며 답했다.

"아뇨, 개인적인 일입니다."

말을 마친 한천이 자신의 오른팔을 앞으로 쭉 내밀었다. 그의 예상치 못한 행동에 의선이 당황하는 그때였다.

한천이 말을 이었다.

"실례일 수도 있지만 대화를 나누기에 앞서 제 오른손의 상태를 한번 봐 주실 수 있으시겠습니까?"

잠깐 놀랐던 의선이었지만 진지한 한천의 눈빛을 마주하

고는 작게 고개를 끄덕이며 가볍게 손목의 맥을 짚었다.

허나 맥을 짚는 순간 의선의 표정이 돌변했다.

그가 놀란 듯 눈을 치켜떴다.

그러고는 이내 의선의 손이 한천의 오른팔 곳곳을 어루만지기 시작했다. 팔목을 시작으로 해서 팔꿈치와 어깨까지 곳곳을 만질수록 그의 놀람은 커져 갔다.

의선이 경악스러운 얼굴로 중얼거렸다.

"이럴 수가……."

직접 손으로 만져 봤음에도 불구하고 믿을 수 없었다.

겉보기에는 멀쩡해 보이는 오른손.

하지만 그 상태는 이루 말로 표현할 수 없을 정도로 엉망이었다.

기혈이 모두 뒤틀렸고, 근육들 또한 제자리를 잡지 못하고 있다. 남아 있는 뼈들 또한 엉망으로 되어 있어서 제대로 힘을 쓰기도 어려워 보였다.

몸이 이 정도로 망가지는 과정에서 그가 느꼈을 고통은 상상 이상이었을 게다. 온몸을 불로 지지는 것 이상의 고통.

그런 고통을 수도 없이 겪었을 것이 분명했다.

그 고통은 아마도 죽는 게 더 낫겠다는 생각을 불러일으킬 정도로 지독했을 것이다.

지옥과도 같았을 그 시간을 버티고 지금 눈앞에 있는 이 사내.

놀란 눈을 하고 있는 의선을 바라보던 한천이 오른손을 내리며 입을 열었다.

"보셨으니 아시겠지요? 제 팔 상태가 어떤지 말입니다."

"……어찌 사람의 몸이 이리도 망가질 수 있단 말인가."

사실 의선은 너무도 놀라 있었다.

이런 상태의 오른손을 다소 불편해 보이기는 해도 이 정도로 움직인다는 사실이 믿기 어려웠다.

의선의 질문에 한천이 어깨를 으쓱하며 대꾸했다.

"뭐 어쩌다 보니 그렇게 되더군요."

"겨우 어쩌다 보니 라고 말할 수 있는 부상이 아니지 않은가. 이 팔의 고통이 사라질 때까지 엄청난 지옥을 맛봤을 거라는 걸 알고 있네."

의선이 상상조차 되지 않는 고통을 언급했을 때였다.

한천이 말했다.

"버틸 만했습니다. 그보다 더한 지옥에서 살아왔으니까요. 그리고 오른팔을 잃은 덕분에…… 더 많은 걸 얻었으니까요."

"이렇게 엉망이 되면서까지 얻은 게 있다고? 대체 그게 뭐기에 이런 끔찍한 대가를 치렀단 말인가."

물어 오는 질문에 한천이 피식 웃었다.

누군가는 이해하지 못할지도 모른다.

허나 상관없다.

이 오른팔을 잃고 고통으로 가득 찼었던 그 시간을 다시 한 번 보내야 한다 해도 감수할 수 있을 만큼 지금 이 순간이 좋았으니까.

한천이 자신의 오른팔을 내려다보며 입을 열었다.

"이 오른팔을 내준 대가로 얻은 건 바로 자유입니다."

"자유?"

이해하기 어려운 그 말에 의선이 되묻는 그때였다.

오른팔로 시선을 주던 한천이 천천히 고개를 들어 올리며 입을 열었다.

"그리고…… 가족도요."

*　　　*　　　*

한천의 아리송한 대답에 의선은 선뜻 어떠한 말도 꺼내기 어려웠다. 그만큼 그의 대답은 모호하면서도, 한편으로는 눈앞에 있는 이 한천이라는 사내의 인생을 함축하고 있었으니까.

방금 전까지만 해도 단순히 적화신루의 부총관으로만 여

겼던 상대다.

허나 지금 대화를 나누며 이 한천이라는 사내가 보통 인물이 아니라는 느낌이 강렬하게 밀려왔다.

침묵한 채로 자신을 응시하는 의선을 향해 한천은 평소처럼 사람 좋아 보이는 웃음을 흘렸다.

지금 자신이 찾아온 건 과거에 대한 이야기를 나누기 위함이 아니었으니까.

그랬기에 그가 바로 본론으로 들어갔다.

"확인하셨으니 빙빙 돌리지 않고 단도직입적으로 묻지요. 이 손 회복 가능하겠습니까?"

한천이 자신의 오른손을 어루만지며 물었다.

그런 그의 물음에 생각할 필요도 없다는 듯 빠른 답변이 돌아왔다.

"불가하네."

불가능하다는 말에도 한천은 동요하지 않고 곧장 질문을 이었다.

"아주 조금도요? 검을 쥐고 휘두를 수 있는 정도도 안 되겠습니까?"

"너무 늦었어. 형태를 유지하고 있는 것이 놀라울 정돌세."

"역시 그렇군요."

부정적인 대답이었거늘 한천은 여전히 미소 가득한 얼굴로 고개를 끄덕였다.

그런 그를 향해 의선이 물었다.

"대체 왜 바로 치료하지 않았는가? 이 정도 부상을 입었다면 고통도 참기 어려웠을 터인데……."

"치료를 할 수 있는 상황이 아니었습니다. 그리고 이 정도의 부상을 치료할 수 있는 의원을 찾는 것도 쉽지 않았지요."

한천의 대답에 의선은 절로 고개를 끄덕였다.

말대로 이 정도의 부상은 어지간히 실력 있는 의원이라 해도 손댈 수 있는 수준의 것이 아니었다.

중원을 대표하는 세 명의 의원 중 하나인 의선 정도나 돼야 회복을 조금이나마 장담할 수 있을 정도니, 설령 치료를 하고자 했다 해도 제대로 치료가 되었을 확률은 거의 없었다.

오랫동안 많은 환자들을 봐 왔던 의선이다.

일반적으로 치료할 수 없다는 말을 들은 직후 내비치는 감정은 몇 가지로 정리된다.

슬퍼하거나 화를 내기도 하고, 모든 걸 포기하는 자도 있다.

그런데 이 사내는 그 어디에도 포함되지 않았다.

웃고 있는 얼굴에는 자신이 아는 일반적인 감정들 중 어떠한 것도 느껴지지 않는다.

그랬기에 물었다.

"내 눈이 틀리지 않다면…… 고쳐 줄 수 없다는 말에도 전혀 동요하지 않는 것 같군. 아닌가?"

"이런, 그렇게 보였습니까? 사실 엄청 슬픈데 말이죠."

장난스러운 말투를 내뱉으며 히죽거리던 한천을 의선은 계속해서 진지한 눈빛으로 바라봤고, 이내 그가 미소를 거두며 말했다.

"뭐, 맞습니다. 애초에 가능성이 없을 거라는 걸 알았으니까요. 혹시나 조금이라도 오른손을 쓸 수 있으면 어떨까 하는 욕심에 묻긴 했지만 불가능하다 생각하고 있었습니다."

"날 찾아온 게 그 팔의 치료가 목적이 아니었군."

"맞습니다."

애초부터 이 다친 오른팔을 치료하고자 백아린에게까지 거짓말을 하며 비밀리에 의선을 찾아온 것이 아니다.

백아린을 속여야만 했던 이유.

그건 자신이 지금 원하는 걸 그녀가 알지 않았으면 하는 바람에서였다.

한천이 무덤덤하게 말을 이었다.

"귀명신단(鬼命神丹)을 구해 주시지요."

"……뭐?"

한천의 입에서 귀명신단이라는 이름이 나오자 의선이 기겁하며 되물었다.

귀명신단.

귀신의 목숨이라는 의미를 지닌 귀명이라는 단어에서 전해져 오는 음산함만큼 너무도 위험한 물건이었다.

귀명신단은 금지된 단환이었다.

일순 고통에 무감각해지고, 신체의 능력이 증가한다. 일례로 발목이 잘린 상태에서도 아무렇지 않게 걸어 다닐 정도의 일을 가능케 하는 것, 그게 바로 귀명신단이었다.

의선이 놀란 얼굴로 물었다.

"설마 자네 귀명신단을 먹고 그 오른손을 움직이려 하는 겐가?"

"뭐 그렇긴 합니다만."

"미쳤는가! 그랬다가 자네는 그때의 몇 곱절 되는……."

차마 의선은 뒷말을 잇지 못했다.

사라졌던 고통이 약효가 떨어짐과 동시에 밀려들 것이고, 원래 받았어야 할 수준의 몇 곱절 이상 되는 충격이 고스란히 몸으로 밀려든다.

그 때문에 약효가 다하면 사망하거나 살아도 폐인이 될

수밖에 없는 극단적인 단환이 바로 귀명신단이다.

격한 반응을 보이는 의선을 향해 한천이 손사래를 치며 말했다.

"어휴, 저도 먹을 생각은 없습니다. 오른팔이 망가졌을 때 얼마나 고통스러웠는지 잘 아는데 그런 멍청한 짓을 하겠습니까? 그때의 몇 곱절은 되는 고통이라니…… 상상만 해도 끔찍합니다."

진절머리 난다는 듯이 울상을 지어 보인 한천이었지만 이내 그가 낮은 목소리로 말을 이어 나갔다.

"그 지독한 고통을 겪어 봤으니 절대 먹을 생각은 없지요. 다만…… 인생엔 언제나 만약이라는 게 있는 법이니까요."

지금 자신들이 쫓고 있는 그들의 존재.

그들은 생각보다 훨씬 더 위험한 자들이었다. 그랬기에 한천은 만약을 위한 대비를 하길 원했고, 그것이 바로 귀명신단이었다.

귀명신단이 있다면 아주 잠시일지라도 예전 자신의 모습으로 돌아갈 수 있을 테니까.

한천을 바라보는 의선의 표정은 복잡했다.

만약의 사태가 오면 귀명신단을 먹으려 한다는 걸 알아서이기도 했지만, 사실 더 놀라운 건 그가 이 단환의 존재를 안다는 부분이었다.

그랬기에 의선이 물었다.

"대체 자네가 귀명신단을 어찌 아는가? 이것에 대해서는 제아무리 정보 단체라 한들 이렇게 알 수 있는 것이 아닐 터인데……."

애초에 귀명신단은 군인들에게 사용하기 위해 황실에서 비밀리에 제작되던 물건이다.

전쟁에서 큰 부상을 당한 이들이, 고통과 부상을 당했다는 사실도 잊고 죽기 직전까지 싸우게 만들기 위해 말이다.

그렇지만 너무도 잔혹하고 부작용이 심해 결국 그 단환은 세상에 모습을 내비치기도 전에 사라졌다.

무림은 물론이거니와 세상 그 어디에도 알려지지 않은 물건.

그렇게 사라진 단환을 대체 이 한천이라는 사내는 어떻게 알고 있는 걸까?

또 그 귀명신단이 자신에게 있다는 건 어찌 아는 건지 온통 의문투성이였다.

귀명신단에 대해 아는 이는 분명 몇 명 되지 않았으니까.

귀명신단의 제작에 많은 의원들이 투입되었지만, 정작 그들 대부분은 자신들이 하는 연구가 무엇인지 잘 알지 못했다.

최종적으로 귀명신단에 대해 알고 연구했던 몇몇 소수의 의원들과 그걸 승인했던 황제. 그리고 그 모든 걸 진두지휘했던 대장군이라는 자뿐이라고 들었는데…….

물론 의선은 직접 귀명신단 제작에 참여했던 건 아니다.

의선의 역할은 마지막에 단환을 검토하는 것이었는데, 그 과정에서 귀명신단이 가진 위험성을 파악해 이것을 사용해서는 안 된다고 강하게 주장을 했던 인물이었다.

그렇지만 귀명신단에 대한 미련이 남았던 황제가 혹시나 부작용을 줄일 수 있는 비책이 있는지 찾아보라며 일부를 넘겼고, 그 때문에 그것을 가지고 있는 상황이었다.

그것이 꽤나 오래전의 일이었고, 이제는 귀명신단이라는 이름조차 기억에서 가물가물해져 가는 이때 갑자기 이 사내가 그것을 다시금 끄집어내고야 만 것이다.

대체 귀명신단에 대해 어찌 아느냐는 의선의 질문에 한천은 그저 뜻 모를 미소만을 지어 보일 뿐이었다.

그런 그를 향해 의선이 재차 질문을 던졌다.

"자네 대체……누구인가?"

의선은 직감했다.

이 사내는 적화신루의 일개 부총관을 맡고 있을 자가 아니라는 걸.

허나 이 질문에 대해서도 한천은 답해 줄 생각이 없었다. 그가 슬그머니 다가오더니 의선의 귓가에 대고 속삭였다.

"말씀은 전했습니다. 부탁드리지요."

말을 끝내고 성큼 뒤로 물러난 한천이 포권을 취해 보였다. 그러고는 이내 서둘러 돌아갈 것처럼 몸을 돌리다가 멈칫하며 고개를 홱 돌렸다.

"아 참, 의선 어르신."

"……?"

"아시겠지만 오늘 일은……."

말을 내뱉던 한천이 검지를 세워 입술 앞에 가져다 댄 채로 빙긋 웃었다.

"모두에게 비밀입니다."

* * *

중원에는 이름조차 알려지지 않은 자그마한 산.

인근 마을 사람들이나 오갈 정도로 이 산은 크기도 그리 크지 않았고, 별반 대단한 것도 없는 그저 그런 장소였다.

아무도 이 산을 찾지 않는 늦은 시각.

산을 오르는 한 명의 노인이 있었다.

그저 가볍게 산길을 오르고 있을 뿐이거늘, 주변에는 쉽사리 범접하기 힘든 기운을 뿜어져 나오고 있었다.

말로 형용하기 어려운 분위기를 풍기는 그 노인의 정체는 바로 천운백이었다.

천룡성의 주인인 그가 늦은 시각 이름도 없는 산길을 걷고 있었던 것이다.

그의 손에는 술이 담긴 하얀색 호리병이 들려 있었다.

시원한 바람을 마주한 채로 산길을 오르던 천운백이 멈추어 선 건 중턱에 위치한 자그마한 무덤 앞이었다.

무덤이 있는 곳에 도착한 천운백은 주변을 휘이 둘러봤다.

주변에는 몇 그루의 나무들만이 존재했을 뿐 별다른 특별한 건 보이지 않았다. 천운백은 이내 시선을 돌려 자신의 앞에 있는 무덤을 마주했다.

그가 씨익 웃었다.

"오랜만이군. 잘 지냈는가?"

말을 끝낸 천운백은 무덤 옆에 털썩 주저앉았다.

그리 화려하지 않은 무덤이었지만, 누군가 관리하는 이가 있는지 상태는 괜찮은 편이었다.

잠시 앉아서 무덤을 바라보던 천운백은 이내 막 생각났다는 듯 손에 든 호리병의 뚜껑을 열었다.

뻥.

시원한 소리와 함께 뚜껑이 열렸고, 천운백은 안에 담긴 술을 무덤 근처에 가볍게 뿌렸다.

안에 담긴 술의 절반가량을 뿌린 그는 호리병을 입에 가져다 댔다.

호리병 안에 있는 술을 목구멍으로 넘긴 천운백이 짧게 탄성을 토해 냈다.

"크으, 어떤가? 자네를 위해 나름 괜찮은 녀석으로 구해 봤는데 맘에 들지 모르겠군그래."

대답이 돌아오지 않는 것이 당연하거늘 그럼에도 불구하고 천운백은 무덤에게 연신 말을 걸었다. 마치 무덤이 살아 있는 지기라도 되는 것처럼.

말없이 무덤을 바라보던 천운백은 다시금 호리병을 입에 가져다 댔다.

남은 술을 단번에 마신 그가 소매로 입가를 닦아 냈다.

따뜻한 눈동자로 무덤을 바라보던 천운백이 갑자기 자신의 이마를 치며 이제야 생각났다는 듯 입을 열었다.

"이런 내 정신 보게. 오늘은 자네에게 알려 주고 싶은 이야기가 있어서 찾아왔네."

잠시 먼 곳을 보던 천운백이 무덤을 향해 고개를 돌린 채로 말했다.

“내가 이어 주기도 전에 자네의 제자와 내 제자가 함께 움직이고 있다네. 이런 걸 보면 운명이라는 건 실로 재미있단 말이야.”

뜻 모를 말을 마친 천운백은 바로 옆에 자리하고 있는 묘비를 가볍게 손바닥으로 쓸어내렸다.

먼지에 가려져 있던 묘비에 새겨진 이름이 천천히 그 모습을 드러냈다.

그곳에 적힌 이름.

그건 바로…….

한신(韓信)이었다.

놀랍게도 이곳은 바로 백아린의 스승이자 천하제일검이라 불리던 검왕 한신의 무덤이었던 것이다.

그렇다면 방금 천운백이 언급한 무덤의 주인인 한신의 제자라는 건 백아린을 뜻하는 것일 터.

그가 운명을 운운하며 던진 말의 의미는 과연 무엇일까?

여전히 무덤을 바라보며 천운백이 말을 이었다.

“자네의 제자가 아주 멋지게 자랐더군. 물론 내 제자도 그렇지만 말이야.”

천무진을 떠올린 천운백이 피식 웃었다.

아마도 지금 그는 자신을 무척이나 기다리고 있을 것이다. 허나 그걸 알면서도 천운백은 천무진에게 가지 않았다.

아니, 못 간다고 해야 옳을 게다.

무덤 속에 있는 한신을 향해 천운백이 말했다.

"너무 걱정 말게. 아직까지 모든 건 계획대로 잘되어 가고 있으니 말이야."

말을 끝낸 천운백이 고개를 치켜들었다.

아직 새벽이 오기엔 많이 이른 시각.

어두운 밤하늘을 올려다보며 그가 입을 열었다.

"궁금하군그래. 과연 우리의 선택이…… 어떤 결과를 낳을지."

10장. 풍운무정검
— 찾았습니다

"들어가도 돼요?"

천무진의 집무실 입구에 선 백아린이 가볍게 안쪽에 신호를 보냈다. 그녀의 목소리에 잠시 침상에 기대어 앉아 있던 천무진이 자리에서 일어나며 입을 열었다.

"들어와."

승낙이 떨어지자 백아린이 곧바로 문을 열고 집무실 내부로 들어섰다.

천무진은 혼자 집무실 안으로 들어서는 백아린을 보며 의아한 표정으로 물었다.

"요즘 들어 부쩍 뒤를 졸졸 따라다니던 부총관은?"

백아린이 십천야의 두 명과 격돌을 벌인 이후 유독 더 뒤를 졸졸 쫓아다녔던 한천이다. 한시도 안 떨어지려던 그가 모습을 보이지 않자 이상하게 여겼던 것이다.

천무진의 질문에 백아린이 답했다.

"남윤 어르신한테 들었는데 아까 나갔다던데요. 그것도 단엽이랑 같이요."

"단엽이랑? 둘이?"

"네, 그것도 아주 신이 나서 나갔대요."

"어딜 갔는데?"

물어 오는 천무진을 향해 백아린이 가볍게 손목을 꺾으며 술잔을 기울이는 흉내를 내 보였다.

그러곤 기가 차다는 듯 말했다.

"술이죠, 뭐. 그렇게 걱정하더니만 며칠을 못 가네요."

불만스럽다는 듯 툴툴거리고는 있었지만 사실 백아린은 그런 한천의 행동이 섭섭하지 않았다.

그녀의 상태가 완벽하게 호전된 걸 알기에, 이제는 괜한 부담을 주지 않기 위해 평소의 모습으로 돌아간 것뿐이다.

슬쩍 백아린의 표정을 확인한 천무진은 그녀의 생각을 알았는지 자연스레 다른 쪽으로 이야기를 돌렸다.

"그런데 무슨 일이야?"

"아, 며칠 전에 알아봐 달라고 하셨던 것 때문에요. 우선 말한 대로 알아보긴 했는데……."

말을 하면서도 백아린은 살짝 떨떠름한 표정을 지어 보였다. 그러고는 우선 가져온 서찰들을 천무진에게 내밀었다.

내용이 그리 길지 않았기에 서찰에 적힌 것들을 확인하는 데는 오랜 시간이 걸리지 않았다.

쥐고 있던 서찰을 탁자 한편에 올려놓으며 천무진이 말했다.

"별건 없군."

"네, 찾아본 것들끼리의 연결점이 딱히 보이진 않아요."

천무진이 과거로 돌아왔다는 사실을 알게 된 직후, 백아린은 그에게 뭔가 아는 걸 최대한 말해 달라 부탁했다.

그리고 천무진을 통해 그가 기억하는 것들에 대해 전해 듣고, 뭔가 연결 고리가 없나 조사를 해 봤다.

허나 아쉽게도 딱히 눈에 보이는 무엇인가는 없었다.

천무진이 의뢰한 건 자신이 과거 정체 모를 그녀의 부탁으로 죽였던 이들과 관련한 것들이었다.

수라천도(修羅天刀) 곽우민과 검산파의 보석.

북해빙궁의 만년설화에 이어 마교의 소교주까지.

백아린이 물었다.

"저기 창고에 갇혀 있는 양휴부터 마교의 소교주까지 너무 다양한데 대체 이들 사이에 뭐가 있었던 거예요?"

사실 급이 달라도 너무 달랐다.

특히나 양휴는 과거의 생에선 그나마 이름을 어느 정도 날린 바 있었으나 지금은 아직 햇병아리 무인에 불과했다.

그런 그와 마교의 소교주라니.

아무리 봐도 이런 의뢰를 한 것에 대한 공통점을 찾을 수가 없었던 것이다.

백아린이 한 질문의 의미를 단박에 알아차린 천무진이 답했다.

"그들의 명령 때문에 죽이거나 뺏은 것들이야."

담담하게 말하는 천무진과는 달리 백아린은 기가 차다는 표정을 지어 보였다.

몇 개야 그러려니 하겠지만…….

그녀가 물었다.

"허어, 혼자서 검산파를 부쉈어요?"

"그랬지."

"북해빙궁은 그래도 좀 힘들었겠는데요."

"그래도 마교보다는 나았어. 소교주를 죽이기 위해 호위전에 있는 사십팔 명의 호위 무사들을 쓰러트려야 했거든. 거기다 나오는 길목에 세 개의 무력 단체도 쓸어버렸고."

이야기를 듣고는 있지만 백아린은 기분이 뭔가 묘했다.

천무진의 입장에서는 분명 있었을 일.

하지만 지금 현세에서는 아직 벌어지지 않은 일이라는 사실이 뭔가 모순적이었으니까.

검산파는 아직 건재했고, 북해빙궁의 상징인 만년설화 또한 멀쩡하게 그곳에 자리하고 있다. 거기다 마교의 소교주 또한 지금 자신의 거점에서 잘 지내고 있을 터.

백아린이 입을 열었다.

"사실 지금 당신이랑 말을 하면서도 이게 지금 현실이 맞나 하는 생각이 좀 들긴 하지만 그래도 예전보다는 낫네요."

"낫다니 뭐가?"

"사실 예전엔 왜 갑자기 이런 의뢰를 하나 했는데 이제 그런 부분은 싹 해소됐거든요. 궁금한 게 있으면 잠을 못 자는 성격인데…… 적어도 잠을 설치지는 않게 돼서요."

천무진의 비밀을 알게 된 이후 일은 더 복잡해졌지만, 의문은 줄어들었다. 그가 알고 있는 많은 부분에 대해서도 굳이 어떻게 알았냐는 의문을 가질 필요가 없어졌다.

미래를 살아 봤기에 알 수 있는 몇 가지 것들.

다만 아쉬운 건 천무진의 기억이 완전하지 못하다는 것이다.

백아린이 나지막이 중얼거렸다.

"조금만 더 기억이 났다면 좋았을 텐데……."

자신들이 찾고 있는 그들에게 조금씩 다가가고는 있었지만, 그렇다고 해서 확실한 뭔가를 찾지는 못한 지금.

청아원에 이어 사해도를 무너트린 이후부터 그들을 찾는 일이 다소 어려워진 상태였다. 그나마 십천야가 직접 나타나 준 덕분에 조금 더 단서들을 얻어 내긴 했지만 말이다.

백아린의 중얼거림에 천무진 또한 고개를 끄덕이며 동조했다.

"그러게. 좀 더 도움이 되어 줬어야 하는데 그게 한계라 아쉽네."

"아, 절대 탓하는 건 아니니 오해하지 말아요."

백아린이 황급히 손을 저으며 대꾸했다.

천무진이 보낸 전생의 삶에 대해서는 잘 알지 못한다.

어느 정도 전해 듣긴 했지만 한 사람의 삶이라는 것을 직접 함께 겪어 보지 않고서 어찌 어땠다고 정확히 말할 수 있으랴.

하지만 확실한 건 그 삶이 절대 순탄치 못했다는 것. 그리고 그가 자신들이 찾는 그들에게 조종을 당하다 비참한 최후를 맞이한 것도 안다.

기억하고 싶지 않은 일들도 많을 테고, 그만큼 고통스러운 것들로 가득할 터인데 그런 부분을 괜스레 쑤신 것 같다는 생각에 그녀의 안색이 딱딱하게 굳었다.

허나 전혀 상관없다는 듯 천무진이 짧게 대답했다.

"알고 있어."

대답을 한 천무진은 잠시 생각에 잠겼다.

정말 자신이 기억하는 것들이 전부일까? 혹시 뭔가 더 기억해 낼 수 있는 것이 있는 건 아닐지…….

잠시 생각에 잠겨 있던 천무진은 자신을 향한 시선을 느끼며 슬쩍 백아린을 바라봤다.

그곳에는 아직도 자신을 바라보고 있는 백아린이 심각한 표정으로 있었다.

살짝 찌푸려진 미간과 약하게 깨문 입술.

별다른 말을 하지 않고 있음에도 불구하고 그녀가 지금 무슨 생각을 하는지 알 수 있었다.

자신에게 미안해하고 있는 게 분명했다.

미안함으로 가득해 어쩔 줄 몰라 하는 그 표정에 천무진은 자신도 모르게 실소를 흘렸다.

생각지도 못한 모습에 당황한 백아린이 물었다.

"왜 웃어요?"

"지금 생각하는 게 너무 눈에 보여서. 미안해할 필요 없어. 내가 뭔가를 더 기억했다면 좋았을 거라는 건 스스로도 자주 생각한 일이니까. 거기다 그런 뜻으로 말한 게 아니라는 것도 안다니까. 그러니 이제 그 울 것 같은 표정 좀 지우지?"

"우, 울 것 같은 표정까지는 아닌데요."

억울하다는 듯 말을 쏟아 낸 백아린이 이내 마찬가지로 피식 웃었다.

천무진이 자신의 마음을 풀어 주기 위해 일부러 이 같은 장난스러운 말을 던진 사실을 알기 때문이다.

그녀가 웃는 걸 보며 천무진이 말을 받았다.

"그래, 이제야 좀 당신답군."

"칭찬으로 들을게요."

"칭찬 맞아. 항상 힘이 넘치는 게 장점이잖아."

"설마 이런 무기 들고 다닌다고 힘이 넘친다는 건 아니죠?"

백아린이 등 뒤에 매달린 대검을 툭툭 치며 물었고, 천무진은 곧바로 어깨를 으쓱하며 대답을 회피했다.

그런 그를 향해 억울하다는 듯 말을 쏟아 내려던 백아린의 시선에 자연스레 천인혼이 잡혔다.

문득 예전에 대화를 나눴던 걸 떠올린 그녀가 물었다.

"아 참, 일전에 천인혼에 대해 이야기했던 게 기억나는

데 설마 저 무기도 전생에 무슨 인연이 있었어요?"

천무진이 자주 박살 나는 자신의 검을 보며 천인혼을 그리워하던 때, 백아린과 대화를 나눴던 적이 있다.

물론 당시 백아린은 스쳐 가는 이야기로 여겼지만, 그의 특별한 삶을 알게 되니 뭔가 의미가 있다는 생각이 들었다.

그녀의 질문에 천무진이 답했다.

"맞아. 전생에 내가 사용했던 검이지. 죽는 순간까지 내 옆을 지켜 준 유일한 녀석이고. 그리고…… 어떤 운명이 얽혔는지 이번 생에도 만났군."

말을 마친 천무진은 허리에 차고 있던 천인혼을 들어 올려 잠시 그 겉모습을 살폈다.

검집에 새겨져 있는 악귀 형상이 마치 자신을 바라보고만 있는 것 같았다.

천인혼을 바라보는 천무진을 잠시 기다리던 백아린이 입을 열었다.

"앞으로의 계획 같은 거 있어요?"

"계획이라……."

앞으로도 적화신루를 통해 정보를 긁어모을 생각이긴 하지만 그것만으론 모자라다. 가만히 있다가 당하는 건 저번 생만으로 충분했으니까.

움직일 만한 단서는 없다.

허나 과거의 기억을 기반으로 한다면 뒤져 볼 만한 곳은 분명 존재했다.

지금 백아린을 통해 조사하고 있는 그 모든 것들이 의심스러웠으니까.

곽우민과 검산파, 북해빙궁에 마교까지.

천무진이 입을 열었다.

"지금 조사 중인 네 가지 중 하나를 직접 들쑤셔 보면 좋을 것 같은데 말이야."

"저도 그렇게 생각해요. 지금 저희가 단서를 얻기엔 아무래도 그쪽이 확률이 높을 것 같아서요. 누굴 선택할 생각이에요? 가장 쉬운 건 역시 곽우민이겠죠. 어려운 건 북해빙궁과 마교고요."

곽우민 또한 나름의 세력이 있다고는 하지만 북해빙궁이나 마교에 비한다면 하늘과 땅만큼의 차이라고 봐도 무방하다.

"흐음."

천무진은 잠시 고민에 빠졌다.

딱히 어딘가에 단서가 있어 움직이는 것이 아니다 보니 정하는 것이 쉽지 않았다. 그랬기에 천무진은 이내 말했다.

"생각할 시간을 줘. 그리 오래 걸리진 않을 거야. 내일 정해서 말해 주지."

“그렇게 해요. 저도 혹시 모르니 단서가 될 만한 뭔가가 없나 더 찾아보도록 할게요. 조금이라도 더 확률이 있는 쪽에 걸어 보는 게 좋을 테니까요.”

“그렇게 해 줘. 그럼 나도 최대한 기억을 더듬어서 뭔가 생각나면 말해 주도록 할게.”

“알겠어요, 그럼.”

말을 마치고 막 백아린이 움직이려 할 때였다.

천무진이 입을 열었다.

“아 참, 그들이 내게 전수했던 무공이 있는데 그것의 출처도 알아낼 수 있겠어? 사라진 무공들이라 쉽진 않겠지만 혹시 이게 단서가 될지도 모르니까.”

“물론이죠. 모든 정보는 그런 자그마한 단서에서 시작되는 거니까요.”

당연하다는 듯 고개를 끄덕이는 백아린을 향해 천무진이 말했다.

“자령신공(紫靈神功), 그리고 잔마폭멸류(殘魔爆滅流)야.”

천무진의 얼굴을 녹아내리게 만들고, 지옥과도 같은 고통을 느끼게 했던 두 개의 마공.

완벽하지 못한 탓에 마공이 되어 천무진을 망가트렸던 바로 그 무공들이다.

모두가 실전되어 이제는 전설로 내려오는 두 개의 무공에 대한 의뢰.

그런데…….

그 말을 들은 백아린의 표정이 돌변했다.

그녀가 급히 물었다.

"잠깐만요. 잔마폭멸류라뇨? 전대의 고수인 풍운무정검(風雲無情劍)의 잔마폭멸류를 말하는 거예요, 지금?"

풍운무정검은 무려 백 년도 더 전의 인물이다.

그는 정파의 후기지수로 순탄한 젊은 시절을 보냈지만, 마교도들로 인해 가족을 잃었다. 그 이후에 돌변한 그는 소속되어 있던 문파를 떠나 단신으로 마교도들과 싸움을 벌여 댔다.

당시 마교의 모든 이들이 가장 두려워하던 무인.

그것이 바로 풍운무정검이었고, 그런 그의 절초가 다름 아닌 잔마폭멸류였다.

놀라는 백아린을 향해 천무진이 고개를 끄덕이며 말했다.

"맞아. 그런데 그게 왜?"

물어 오는 질문.

그렇지만 백아린은 너무도 놀라 그의 목소리를 듣지 못하고 혼자서 중얼거렸다.

"그랬구나. 잔마폭멸류가 그들의 손에 있었던 거야. 그래서 그렇게 찾아도 찾지 못했던 거고……."

뭔가 심각해 보이는 모습에 천무진은 잠시 입을 닫고 그녀가 냉정을 찾기를 기다렸다.

그리고 이내 정신을 차린 백아린이 가만히 서 있는 천무진을 발견하고는 황급히 입을 열었다.

"아, 미안해요. 너무 놀라서 잠시 넋이 나갔었나 봐요."

"괜찮아. 그보다 지금 이 반응이 더 궁금한데."

평소와 다른 모습에 천무진이 물었고, 백아린은 잠시 머뭇거렸다.

이것에 대해 이야기하자면 자신에 대해 어느 정도 드러내는 걸 감수해야 했으니까.

하지만 고민은 길지 않았다.

미래에서 과거로 돌아왔다는 사실보다는 충격적이지 않은 일이었으니까.

그녀가 말했다.

"그거 알아요? 풍운무정검이 어떤 검을 사용했는지."

물어 오는 백아린의 질문에 천무진은 고개를 저었다.

풍운무정검이라는 인물에 대해서 들어 본 적이 있긴 하지만 동시대를 살아가는 자도 아니고, 그리 많은 정보가 없었다.

허나 그것만으로도 충분히 대단한 것이었다.

백 년도 더 지났는데도 불구하고 이름이 전해질 정도라는 것, 그것만으로도 그가 얼마나 뛰어난 무인인지 알 수 있었으니까.

모른다는 천무진의 반응에 백아린은 그럴 줄 알았다는 듯 설명을 이어 나갔다.

"풍운무정검의 목적은 마교도들을 죽이는 거였어요. 그는 대부분 혼자 싸웠고, 수많은 적들을 상대해야 했죠. 그랬기에 그의 무공은 폭발적인 힘을 지녔어요. 다수를 일격에 쓰러트려야 했으니까요. 그런 풍운무정검이 싸우는 모습을 본 이들은 이렇게 말했었대요."

백아린이 잠시 숨을 고르더니 이내 천천히 말을 이었다.

"태양을 가릴 정도로 커다란 대검을 든 한 마리의 맹수라고."

*　　*　　*

백아린의 말에 천무진의 표정이 일그러졌다.

커다란 대검이라는 말이 바로 귓가에 걸렸으니까.

자연스레 그의 시선이 백아린의 등 뒤에 자리하고 있는 대검으로 날아가 박혔다.

천무진이 슬그머니 입을 열었다.

"설마……."

"맞아요. 이 대검의 주인, 그가 바로 풍운무정검이었어요. 그리고 그분은 제 사부의 사부였죠."

"당신의 사부가 누구지?"

"검왕 한신이요."

백아린의 대답에 천무진의 눈동자가 커졌다.

풍운무정검과는 달리 검왕 한신에 대해서는 꽤나 많은 걸 알고 있었으니까.

백아린의 실력이 대단하다는 건 알았지만 설마 그녀가 검왕 한신의 제자일 거라고는 전혀 예상치 못했다.

"검왕의 제자라고? 당신이?"

허나 놀람도 잠시, 천무진은 이내 고개를 끄덕였다.

생각해 보면 이런 나이에 어울리지 않을 만큼 말도 안 되는 실력을 선보였던 그녀다.

검왕의 제자라니 이제야 그 모든 것이 납득이 갔다.

백아린이 미안한 얼굴로 입을 열었다.

"속이려고 했던 건 아닌데 원래 비밀로 하던 거라 여태 말할 기회가……."

"이해해. 나도 마찬가지였으니까. 그리고…… 자신의 비밀을 모두 말하는 사람이 어디 있겠어? 오히려 그리 쉽게 내뱉는 비밀이란 건 믿을 수 없다고 생각하니까 괜찮아.”

자신에게 피해를 입힐 만한 일이 아니었기에 문제를 삼을 이유도 없었고, 오히려 처음 보는 이에게 모든 걸 말하는 것이 더 말도 안 된다 생각했다.

백아린의 실력에 대한 의문을 푼 천무진이 이내 물었다.

“그렇다면 당신도 잔마폭멸류를 익혔다는 건가?”

“아뇨, 저는 그 무공을 배우지 못했어요. 오래전에 사라졌거든요. 전 당연히 본 적도 없고, 그건 제 사부님도 마찬가지였어요. 저희 문파의 무공을 완성시키기 위해 평생을 찾았음에도 찾지 못했던 무공이 바로 그 잔마폭멸류예요.”

“그럼 잃어버린 그 무공이 그들의 손에 있다 이 말인데…….”

중얼거리며 상황을 정리하고는 있었지만 천무진의 머리는 복잡했다.

백아린이 보지도 못했다면 정말 오래전에 그 무공이 실전되었다고 봐야 할 것이다. 그렇다면 그 잔마폭멸류가 그들의 손에 들어가는 시기는 언제일까?

지금부터 이미 그들에게 있을 수도, 아니면 시간이 지난 후 자신이 그 무공을 배우게 되는 시점일 수도 있다.

천무진이 물었다.

“잔마폭멸류가 그들에게 어떻게 들어갔는지를 알아야

해. 운이 좋다면 그 과정에서 그들에게 도움을 준 이들을 발견할 수도 있을 테니까. 가능하겠어?"

"오랜 시간 찾아봤지만 여태 흔적조차 발견하지 못했어요. 쉬운 일은 아니지만…… 그래도 이대로 물러날 순 없죠. 제 문파의 무공이 그들 손에 들어가는 건 원치 않으니까요."

확고한 백아린의 말투에 천무진이 고개를 끄덕였다.

*　　*　　*

"이야, 술맛 진짜 좋은데."

새로 시킨 술을 병째로 들이켠 단엽이 기분 좋은 얼굴로 웃어 보였다.

"그죠? 얼마 전에 와서 마셔 봤다가 감탄을 했다니까요. 그래서 내가 단엽 소협이 좋아할 줄 알고 이리 모시고 온 거 아닙니까."

"하여튼 술 쪽에선 귀신이 따로 없다니까. 대체 이런 곳은 어떻게 알았대?"

지금 단엽과 한천이 마주하고 있는 곳은 성도의 변두리에 있는 객잔이었다. 그리 화려하지도 않고, 위치도 좋지 않아 사람들이 많이 찾지는 않는 곳이었다.

허나 이곳에는 유신주(柳晨酒)라는 이름을 지닌 특산주가 있었다.

이 객잔의 주인이 직접 만드는 술로 이곳이 아니면 맛볼 수 없는 종류의 것이었다.

하루에 파는 양도 정해져 있어, 서둘러 오거나 예약을 하지 않으면 맛을 보기 힘든 술이기도 했다.

유신주가 맘에 드는지 남은 걸 한꺼번에 입 안에 털어 넣은 단엽은 이내 빈 병을 흔들며 아쉽다는 듯 입맛을 다셨다.

그가 투덜거렸다.

"에잇, 이제야 좀 흥이 오르나 했더니만."

순식간에 비워 버린 술, 하지만 아쉽게도 이제 남은 양이 없었기에 유신주를 더는 마실 수가 없었다. 대신하여 이곳 객잔에서 알아주는 다른 술을 시킨 단엽과 한천은 술자리를 이어 나갔다.

객잔에 들어온 지 대략 한 시진이 조금 지났을 무렵.

어느덧 둘이 있는 자리에는 몇 동이나 될 정도로 많은 양의 빈 항아리들이 쌓여 가고 있었다.

허나 두 사람 모두 주량이 보통이 아니었던 탓에 딱히 내공을 사용하지 않음에도 불구하고 취한 기색은 보이지 않았다.

그나마 있던 손님들도 모두 사라져 이제는 단둘만이 남은 객잔에서 그들의 목소리가 흘러나왔다.

단엽이 한껏 흥이 오른 목소리로 말했다.

“그래서 말이야 내가 놈의 팔목을 붙잡고 이렇게 마빡을 그냥……!”

말과 함께 박치기를 하는 시늉을 해 보이는 단엽을 보며 한천이 박장대소를 터트렸다.

배를 잡고 거의 탁자에 엎어져 있던 그가 힘들게 입을 열었다.

“어휴, 그만 웃기십쇼. 이러다가 마신 술 다 토하겠습니다.”

“이런, 비싼 술 먹고 토하면 안 되지.”

재빠르게 다시금 자리에 앉은 단엽이 빈 술잔에 술을 채워 넣었다. 채운 술을 몇 모금 들이켠 단엽이 이내 입을 열었다.

“그나저나 우리 둘만 이렇게 나와서 놀고 있으니 안에 있는 두 사람이 엄청 씹어 대겠는데.”

“평소에 저희가 얼마나 열심히 일해 주는데 이 정도야 뭐.”

“그치?”

한천의 말에 맞다는 듯 단엽이 히죽히죽 웃었다.

그렇게 웃던 단엽이 이내 입을 열었다.
“그나저나 무공은 어디서 배운 거야?”
“뭐, 여기저기서 배웠습니다.”
“거참 여전히 비밀이 많다니까.”
“하하, 그게 제 매력 아니겠습니까.”
두루뭉술하게 넘기는 한천을 보며 단엽은 입맛을 다셨다.
알고 싶은 것이 참으로 많은 사내다.
그렇지만 한천은 대답하기 곤란한 질문에는 언제나 농담처럼 상황을 넘겼고, 그것이 말하고 싶지 않다는 의미인 걸 알기에 더 캐물을 수는 없었다.
그랬기에 단엽은 질문을 바꿨다.
“그 손은 언제 다친 거야?”
“흐음, 글쎄요. 한 십 몇 년은 넘었죠?”
“슬쩍 보기엔 멀쩡한데…….”
처음엔 관심이 없어 그다지 신경 쓰지 않았지만, 이제는 안다. 멀쩡해 보이는 저 손이 생각보다 상태가 좋지 못하다는 것 정도는.
이내 단엽이 다시금 물었다.
“그럼 그 여자랑은 언제부터 안 거야?”
“백 총관님 말 하시는 겁니까?”

"그래, 백아린."

"그것도 뭐…… 한 십 몇 년은 되었군요."

"좀 질문이 그렇긴 한데 뭐 하나만 물어도 돼?"

"무슨 질문이기에 말하기 전부터 그리 분위기를 잡으십니까. 들어 보고 정하죠, 뭐."

말을 끝낸 한천이 아무렇지 않게 술을 들이켰을 때다.

단엽이 말했다.

"대체 왜 백아린을 따르는 거야?"

"우리 대장이 왜요?"

"아니, 백아린이 모자라다는 말을 하려는 건 아니야. 사실 놀라워. 그 나이 대에 그런 실력이라니. 명문정파의 알아주는 후기지수라고 해도 오를 수 없는 경지에 이미 올라 있잖아. 사실 어떻게 그런 괴물이 생긴 건가 궁금할 정도긴 한데……."

단엽은 이미 백아린을 인정하고 있었다.

자신이 겨뤄 보고 싶은 대상 목록에 그녀의 이름을 넣었을 정도로.

그렇게 인정하는 상대니 만큼, 그녀를 폄하하는 것이 아니다. 백아린이 모자라다는 이야기를 하려는 것이 아닌, 한천의 뛰어남을 알고 있기에 꺼낸 말이다.

단엽이 말을 이었다.

"백아린 대단하지. 그렇지만…… 그건 너도 마찬가지잖아. 그래서 이상하다는 거야. 부총관 정도로 있을 사람이 아니니까. 물론 백아린도 적화신루의 총관 정도로 있는 게 이상하긴 하지만."

"후후. 그리 봐 주신다니 감사할 뿐이죠."

말을 하며 한천은 앞에 놓인 술잔을 손가락으로 가볍게 어루만졌다.

잠시 입을 닫고 있던 한천이 이내 생각을 정리한 듯 말했다.

"제가 따르는 이유가 뭐냐고 물으셨지요? 우선적으로 우리 대장은 단엽 소협이 지금 생각하는 것보다 더 뛰어납니다. 아주 많이요."

"무슨 소리야. 내가 백아린을 얼마나 높게 치는데."

"아마 그 이상일 거라 장담하죠."

호언장담을 하는 한천이 입가에 슬며시 미소를 머금었다.

과거의 일을 떠올리던 그가 나지막이 말을 이었다.

"그리고 전 대장에게…… 목숨을 빚졌으니까요."

"생명의 은인이라는 거야?"

"그렇게 보면 되겠네요. 그분이 없었다면 살아 있지 못했을 테니까요."

"백아린이랑 십 몇 년 전에 알게 됐다면서? 그럼 엄청 어렸을 거 아냐."

"네, 맞습니다. 그때는 제 허리춤 정도밖에 안 오던 꼬마였죠."

"그런 아이에게 목숨을 빚졌다고?"

"뭐, 어쩌다 보니."

단엽은 선뜻 이해가 가지 않았다.

그 정도의 과거라면 제아무리 한천의 상태가 좋지 못했다 한들 백아린에게 도움을 받을 정도의 상황이 오기는 어려웠을 테니까.

하지만 여기까지 말한 이후 한천은 입을 닫았고, 결국 단엽은 자신의 머리를 긁적일 수밖에 없었다.

"하여튼 사람 궁금하게 만들어 놓고 입만 쏙 닫으면 그만인가?"

"다 말씀드린 겁니다. 특별히 뭐 별다를 게 있으려고요."

싱글벙글 웃는 한천을 물끄러미 바라보던 단엽이 이내 입을 열었다.

"그런데 난 계속해서 반말인데 넌 언제까지 나한테 존댓말 할 거야?"

그의 말투에는 불만이 가득했다.

예전부터 은근슬쩍 말을 놓게 하려 했지만, 한천은 언제나 지금처럼 말을 높이며 자신을 대해 왔다.

언젠가 놓겠지 하던 것이 오히려 존댓말로 점점 굳어 가는 느낌이 들어 결국 이렇게 대놓고 말을 꺼낸 것이다. 단엽의 말에 한천이 눈을 동그랗게 뜬 채로 곤란하다는 듯이 답했다.

"그래도 대홍련의 부련주시고, 높으신 분인데 제가 막말을 하기에는 좀……."

"뭔 핑계가 그리 길어. 난 복잡한 건 딱 질색이고, 간단한 걸 좋아하는 사람이야. 나도 아무나 나한테 말 놓는 걸 그냥 보고 있는 사람은 아니거든? 그런데 왜 내가 먼저 너한테 말을 놓으라고 하겠어."

"글쎄요……."

"간단하지. 널 인정했으니까. 그리고 네가 마음에 들어서."

전혀 거리낌 없이 속내를 드러내는 단엽을 보며 한천은 이 사내의 성격을 다시 한 번 체감할 수 있었다.

여인처럼 곱상해 보이는 외모와 달리 누구보다 사내다운 성격을 지닌 사람.

매번 느끼는 거지만 참으로 시원시원한 사내다.

그랬기에 한천은 곤란했다.

이런 식으로 마음을 그대로 까놓고 솔직하게 다가와 버리면…… 장난으로 넘길 수가 없었으니까.

결국 한천은 두 손을 들 수밖에 없었다.

"좋습니다. 여태 하던 버릇이 있어 말을 놓는 게 쉽진 않겠지만…… 그렇게 해 보도록 하죠. 아니, 하지."

"좋아, 얼마나 듣기 좋냐고."

한천의 반말에 기분 좋다는 듯 단엽이 그의 어깨를 세게 두드렸다.

그런 단엽의 행동에 한천이 아프다는 듯 살짝 표정을 찡그린 채로 장난스럽게 말했다.

"그런데 나이는 내가 더 많은데 왜 말을 놔라 마라, 네가 정하는 거야? 이왕 이렇게 된 거 너는 반대로 나한테 존댓말을 하는 건……."

말을 하던 한천이 슬그머니 입을 닫았다.

존댓말이라는 말이 나오기 무섭게 눈을 부라리는 단엽의 모습 때문이었다.

그리고 단엽은 이내 입버릇처럼 자주 하는 말을 내뱉었다.

"나 단엽이야!"

길길이 날뛰려는 단엽의 모습에 한천이 서둘러 술을 따라 줬고, 덕분에 그가 더 투덜거리는 건 막을 수 있었다.

술을 마신 단엽이 금세 웃는 걸 보며 한천은 속으로 혀를 내둘렀다.

'단순하다니까.'

자신의 수가 먹힌 걸 보며 안도를 하고 있던 그때였다.

좌르륵.

객잔의 입구를 가리고 있는 장신구를 옆으로 밀며 두 명의 사내들이 안으로 들어서고 있었다.

한눈에 봐도 무인이라는 걸 알 수 있는 자들.

얼굴은 험상궂었고, 몸에서는 위험한 기운이 풀풀 풍겼다.

그리고 그들의 시선은 곧장 단엽과 한천이 있는 탁자로 향했다.

이곳은 사천성 성도.

무림맹이 있는 곳이기도 해서, 무인들을 보는 일이 꽤나 잦았다.

하지만 지금 그들의 시선이 스쳐 지나가는 게 아니라, 자신들에게 완전히 꽂혀 있다는 걸 알아차린 한천은 슬그머니 의자에 몸을 기댄 채로 손을 아래로 내렸다.

그의 손이 어느덧 검의 손잡이에 가까워져 있었다.

'아무래도 우리에게 용무가 있는 것 같은데.'

실력이 있어 보이긴 했지만 적어도 자신과 단엽을 어찌

할 수 있는 수준으론 보이지 않았다.

천무진과 백아린이 쫓는 십천야와 관계된 자로 보기엔 다소 실력이 모자라 보이긴 했지만, 만약의 사태를 대비해야 했다.

예상대로 두 사내가 성큼성큼 다가왔고, 커다란 술잔을 들어 올린 탓에 얼굴의 아랫부분은 보이지 않는 단엽이 힐끔 위를 올려다봤다.

거리를 좁혀 온 상대들을 향해 막 한천이 자리에서 일어나려는 찰나.

"내 부하들이야. 급히 만나야 할 일이 있다고 해서 이곳으로 오라고 했어."

"……그랬어?"

검 손잡이에 손을 가져다 대고 있던 한천은 단엽의 말을 듣고서야 천천히 긴장을 풀었다.

어쩐지 겉보기부터 사나워 보인다 했거늘 사파를 대표하는 단체 중 하나인 대홍련의 인물들이었던 것이다.

자리에서 벌떡 일어난 단엽이 예를 갖추려는 두 사내의 귀를 꽉 쥔 채로 비틀었다.

"아아아!"

비명을 지르는 둘을 보며 단엽이 말했다.

"우리가 나쁜 놈들인 거 티 내고 다니냐. 그냥 길 가던 사람도 사파 놈들이라는 걸 알겠다, 이 자식들아."

"이, 이렇게 태어난 걸 어쩝니까."

한 명이 억울하다는 듯 말했지만 단엽은 험상궂은 사내의 미간을 꾹꾹 누르며 말했다.

"웃기고 있네. 일부러 눈에 힘주고 다니는 거 누가 봐도 알겠구만."

내 천(川) 자가 깊게 새겨진 미간을 눌러 대던 단엽이 이내 자리에 앉으며 입을 열었다.

"근데 무슨 일들이야? 갑자기 날 그리도 찾아 대고 말이야."

부련주이기는 하지만 특별히 하는 것이 없어 언제나 자유롭게 다니던 단엽이다. 오랜 시간 자리를 비웠음에도 불구하고 전혀 문제가 없었던 건 그 때문이기도 했다.

단엽이 질문과 함께 앞에 놓인 잔을 막 입에 가져다 대는 그때였다.

"찾았습니다."

"찾긴 뭘 찾아?"

심드렁하게 물어 오는 질문에 사내 중 한 명이 입을 열었다.

"부련주님 얼굴에 상처를 낸 그놈 말입니다."

우뚝.

그 말이 떨어지자마자 술잔을 입에 가져다 댄 그 상태로 단엽의 손이 멈췄다.

그 순간…….

챙!

소리와 함께 술잔이 손바닥 안에서 깨어져 나갔고, 이내 손을 타고 술이 주르륵 흘러내렸다.

생각지도 못한 단엽의 행동에 한천이 놀란 듯 그를 바라보고 있을 때였다.

손바닥에 묻은 술을 혓바닥으로 가볍게 훑은 그가 잔인한 미소를 지어 보이며 입을 열었다.

"……그 새끼를 찾았다 이 말이지?"

〈다음 권에 계속〉

수라전설 독룡

시니어 신무협 장편소설

ORIENTAL FANTASY STORY & ADVENTURE

"하나도 남김없이 모두 죽일 것이다.
놈들을 전부 죽일 때까지 절대로 끝내지 않아."

유구한 역사를 자랑하는 약문(藥門)들의 잇따른 멸문지화.

시체가 산처럼 쌓이고 피가 바다처럼 흐르는
절망의 지옥에서 마침내 수라(修羅)가 눈을 뜬다!

dream books
드림북스

『제왕록』, 『무림에 가다』 시리즈의 작가 박정수
그가 거침없는 현대 판타지로 돌아왔다!

『신화의 전장』

주먹을 믿지 마라.
우리가 살아가는 이 땅에 인간을 벗어난 자들이 존재한다.

dream books
드림북스

DREAMBOOKS★

DREAMBOOKS★

DREAMBOOKS★

DREAMBOOKS★